»Ich erwache mit dem Kopf nach unten, meine Füße hängen in den Sternen. Der Himmel ist ein weites Minenfeld, das sich flimmernd vor mir ausbreitet, ein Teppich, dessen kostbare Maschen bei jedem Schritt zu explodieren drohen. Während ich so hänge und das gefährliche Schillern beobachte, beginnt mir das Blut in den Kopf zu steigen und zu brummen, als hielte es meine Ohren für Propellerturbinen, und ich merke, daß mein Kopf ein Gestirn ist wie jedes andere, zufrieden, um nicht zu sagen stolz, fremdes Licht zu reflektieren.«

Das Rieseln des inneren Monologes läßt nun Anne Weber hörbar werden. Unbeirrt geht sie sich selbst auf den Grund, um »das Unsagbare zu sagen«. Und trifft mitten ins Schwarze.

Christiane Schrott, NZZ

Anne Weber, geboren 1964, lebt in Paris und der Bretagne. Ihre Bücher, die sie auf Deutsch und Französisch schreibt, erscheinen in beiden Ländern zugleich. Sie übersetzt sowohl aus dem Deutschen ins Französische (u. a. Wilhelm Genazino), als auch aus dem Französischen ins Deutsche (u. a. Pierre Michon). Zuletzt erschienen von ihr ›Besuch bei Zerberus‹ (2004), ausgezeichnet mit dem Heimito-von-Doderer-Preis, ›Gold im Mund‹ (2005), in Klagenfurt ausgezeichnet mit dem 3sat-Preis und »Luft und Liebe« (2010), ausgezeichnet mit dem Kranichsteiner Literaturpreis.

Unsere Adresse im Internet: www.fischerverlage.de

Anne Weber

Erste Person

Roman

Fischer Taschenbuch Verlag

Die Arbeit der Autorin am vorliegenden Text
wurde durch den Deutschen Literaturfonds e.V. gefördert.

Veröffentlicht im Fischer Taschenbuch Verlag,
einem Unternehmen der S. Fischer Verlag GmbH,
Frankfurt am Main, Mai 2011

Satz: pagina GmbH, Tübingen
Druck und Bindung: CPI – Clausen & Bosse, Leck
Printed in Germany
ISBN 978-3-596-19010-2

Erste Person

Die besten Verstecke in dieser Welt liefern uns die grammatischen Personen. Das gläserne Versteck des Ich bietet eine ideale Tarnung, die man leicht unterschätzt. Das Ich steht nicht umsonst an erster Stelle. Aufgeblasen und gewichtig kommt es daher, beschwert von unseren Geschwüren, unseren schmerzenden Füßen und unseren von Hornhaut umgebenen Seelen. Es befördert, was uns das Liebste ist. Das Ich erzeugt das Du und das Ihr, das Sie und das Er, sooft es ihm beliebt. Ohne die erste Person wären die anderen wie Vögel ohne Himmel.

Ich habe das Ich zur Tür hinausgejagt, es ist durch das Fenster wieder hereingekommen. Dann hat es das Fenster abgedunkelt und alle Ritzen zugestopft, durch die noch Plättchen des Universums eindrangen. Ich bin im Dunkeln stehen geblieben und habe zum ersten Mal eine erste Person (meine eigene) von innen betrachtet. Viel war nicht zu erkennen, aber ich erinnerte mich, daß die Augen Zeit brauchen, um sich an das Halbdunkel zu gewöhnen. Allmählich sah ich Landschaften, die nur im Dunkeln zu erkennen sind. Diese unberührten unterirdischen Gefilde, wo die abrupte Kraft ihren Ursprung hat und die Falltür der Verzweiflung sich allenthalben öffnet, übergebe ich nun den Neugierigen zur Betrachtung. Alle Masken, Haut- und Gedächtnisschichten will ich abnehmen, den leichten Schleier der Tränen und den schweren Blutvorhang, und den Blick freigeben auf die erste Person.

Ich bin am Fuße zweier Berge geboren: zwischen dem unermesslich hohen Berg der Toten und dem Hügel der Lebenden. Man erklärte mir, daß sich diese zwei Erhebungen auf einer im Innern glühenden Kugel befinden, die sich ziellos durch die Luft und durch die Zeit dreht, inmitten anderer, weder mit Lebenden noch mit Toten beladener Kugeln. Noch vor kurzem, versicherte man mir, glaubten die Menschen, ein jonglierender Gott habe diese Kugeln aus reinem Vergnügen in Bewegung gebracht; heute weiß man, daß sie sich von alleine drehen und ohne Grund. Da hob ich die Augen zum Himmel, wo der Mond und die Sterne glitzerten, als gäbe es noch einen Gott, der diese Verherrlichung von ihnen verlangt, und ich begriff, daß die Gestirne aus Nostalgie weiter vor sich hin funkeln. Mit dem Handrücken wischte ich ihr trauriges Geglitzer weg und wendete mich der Erde und ihren Bewohnern zu.

Die Tiere blieben Fremde für mich, weder Freund

noch Feind, zu liebenswürdig, um mir ihre Verachtung zu zeigen. Ich betrachtete die Menschen in den Dörfern und auf den Kontinenten und war erstaunt, einer von ihnen zu sein, denn auch sie waren Fremde, die Staubsauger besaßen und Teilchenbeschleuniger.

Auf Erden ist immer eine Hälfte der Menschheit dabei zu schlafen und die andere zu wachen, und man gehört nacheinander der einen oder der anderen an. Überhaupt kann man sicher sein, welcher Beschäftigung man auch nachgeht, daß andere ihr zur gleichen Zeit nachgehen wie man selbst, zu Dutzenden, zu Tausenden, zu Abermillionen. Genau in dem Augenblick, wo ich an meine lächerlich winzige Existenz denke, geht dieser Gedanke wahrscheinlich allein in der Großstadt, in der ich mich befinde, mindestens fünfhundert anderen durch den Kopf, Menschen, die vielleicht wie ich an ihrem Schreibtisch sitzen oder an ihrem Fenster, die Augen überschwemmt von Lichtern, das Gehirn von bereits gedachten Gedanken gesättigt.

Der Mensch ist das erste Geschöpf, das sich der Wiederholung schämt. Ohne ihr entkommen zu können. Die Wiederholung ist dem Säugling in die Wiege gelegt. Ich habe versucht, mich daran zu gewöhnen, es ist mir nicht gelungen. Wie jedesmal, wenn ich versucht habe, mich an etwas zu gewöhnen. Ich habe mich an nichts gewöhnen können.

Der Mensch ist auch das einzige Wesen, das sich seiner Lebensumstände schämt. Die Grundbedürfnisse, die den Menschen zwingen, sich zu ernähren, zu kauen, zu verdauen, auszuscheiden, sich zu paaren und zu sterben, sind für ihn eine ständige Erniedrigung. Alle anderen Lebewesen haben einen Stolz bewahrt, um den der Mensch sie beneidet.

Eines Tages unternahm ich den Versuch, schreibend den Weitblick wiederzuerlangen, den ich besaß, bevor die Erstarrungen der Kindheit, die Versteinerungen der Jugend, die Vereisungen des Erwachsenenalters ihn zerstörten. Den Versuch, einen Weg zu finden, den es nicht gibt. Vor meinem Heft und später vor den Flüssigkristallen der modernen leeren Seite verharrte ich im Gebet, kniend in einer stillen Kapelle, den Blick vom Nichts weggesaugt, und wartete auf die Worte, die da kommen würden. Ich sah die Zeit vorbeihumpeln auf klapprigen Krücken. Jahrhunderte vergingen, ohne andere Spuren zu hinterlassen als die beweglichen Lichtfurchen, die zittrigen Hieroglyphen, die von den schwachen Fakkeln der Toten auf die geschlossenen Lider der Lebenden fallen. Ich sah die Zeit in den Schlund der aufsteigenden Generationen tropfen, ohne ihren Durst jemals löschen zu können. Sehr weit hinauf stiegen sie nicht, die Generationen. Sollte ich mich darüber freuen? Dann hat die Zeit mich vergessen.

Schon lange zeigt meine Uhr keine bekannte Stunde mehr an.

Ich will keine Geschichte und keine Geschichten erzählen. Um zu sagen, was ich zu sagen habe, brauche ich keine Figuren zu erfinden. Erfindet man nicht ohnehin nur Figuren, die einem ähneln? Ich werde niemanden erfinden, denn ich berge die Welt.

Es ist null Uhr null und es gilt, dieses Buch zu schreiben, trotz der Müdigkeit, die mich erdrückt, trotz der toten Stimmen, die mein Herz und meine Lunge ausfüllen und mir befehlen, zu schweigen, den Worten zum Trotz, die wie in früheren Zeiten der Buchdruckerkunst aus Blei sind und bereit, jeden wachen, leichten, zerzausten Gedanken auf den Grund zu ziehen, der kaum zu ertragenden Anstrengung und der Stille zum Trotz, die sich am Ende ausbreiten wird.

In Schreiben steckt reiben, reiben am Buchstaben und am Sinn, bis beide in Schwingung geraten und ineinander dringen. In Schreiben steckt Schrei.

Ich liege flach auf einem Rennschlitten, der mit höchster Geschwindigkeit in einer gefrorenen Mulde den Berg hinunterfegt, es gibt zwar Kurven, aber keine einzige Abzweigung, die Strecke ist unendlich lang und der Schlitten wird immer schneller, so daß ich wohl das Ziel nicht verfehlen kann. Mich umzudrehen wäre zu gefährlich, ich muß um jeden Preis die Herrschaft über das Gefährt bewahren und auf die Schneekuhle starren, in der wir dahinsausen. Der Platz des Beifahrers ist leer.

Variante: ich stehe in einem Aufzug, der höher und höher fährt und aufsteigend sich verengt. Bald kann ich mich nicht mehr drehen noch wenden. Bald kann ich nicht mehr atmen. Bald zerbersten meine Rippen, meine Brüste platzen, der Aufzug ist angekommen.

Dieses Buch wird nicht das Spiegelbild der Wirklichkeit sein. Warum nicht? Weil, wer Spiegelbild sagt, Licht sagt, und weil kein Sonnenstrahl und keine Phosphoreszenz in die Höhlen eindringen, die ich graben will. Wo die Lichtstrahlen an eine Mauer von Dunkelheit stoßen, da will ich wühlen, da will ich die granithaltige Erde aufkratzen, mir die Fingernägel aufreißen und die weit geöffneten Augen auf die schwarze Flut richten, die mich früher oder später mitreißen wird. Wenn man die Augen in der völligen Dunkelheit öffnet, spürt man keinen Unterschied. Und wenn der Tod nichts anderes wäre?

Jeden Tag errichte ich dem unbekannten Ziel ein Denkmal. Das unbekannte Ziel ist das mit der größten Beharrlichkeit verfolgte. Es fordert uneingeschränkte Hingabe und Aufmerksamkeit, alle Beschäftigungen, alle Gedanken sind untergründig daraufhin gerichtet. Das unbekannte Ziel löst die Welt in Nichts auf und unterwirft jeden Willen, so stark er auch sein mag. Sobald seine verschwommenen Konturen in unser Bewußtsein eindringen, fällt jede andere Obsession in sich zusammen und verwelkt.

Die Windungen der Tinte auf dem Papier bilden einen langen, unterbrochenen Bach, der hartnäckig auf das unbekannte Ziel zufließt. Dieser aus der Feder fließende Bach besitzt eine Eigenheit: statt Hindernisse zu meiden und sich den leichtesten Weg zu suchen, hegt er eine Vorliebe für Klippen und umgeht jedes Flußbett, das wie für ihn gegraben scheint. In welches Meer münden die Tintenflüsse? In das Schwarze Meer? Jedenfalls bin ich sicher, daß die schönsten Bücher im selben Meer münden.

Die Tränen münden nirgendwo. Sie werden getrunken, aufgesaugt von der Haut oder von einem Taschentuch, sie versickern in der Erde und vermengen sich mit dem Grundwasser, bevor sie, um ihr Salz erleichtert, als Regentropfen oder – was die aggressivsten unter ihnen angeht – als Hagelkörner vom Himmel fallen. Im Lachen vergossene Tränen werden zu Schneeflocken.

Für einen großen Teil der jährlichen Niederschläge der Erde glaube ich persönlich verantwortlich zu sein. Nicht, daß ich mehr Gründe zu verzweifeln hätte als andere. Aber die Tränen drängen sich hinter meinen Lidern und fordern ihre Freilassung, als hätte die Natur keine anderen Ausgänge vorgesehen für das Wasser, das sich im Körper der Menschen ansammelt.

Vor einiger Zeit lief ich zufällig weinend an einem Spiegel vorbei und entdeckte, daß man nur dann schlagartig aufhören kann zu weinen, wenn man sich dabei im Spiegel betrachtet. Was einem die Schluchzer im Halse steckenbleiben läßt, ist nicht so sehr das eigene verzerrte und tränenüberströmte Gesicht als die schmerzerfüllte Pose, die man einnimmt als Weinender. Plötzlich steht man einem Schauspieler gegenüber, der für tragische Rollen wie geschaffen scheint. Ich möchte den sehen, der länger als eine halbe Minute weinen und in den Spiegel sehen kann dabei.

Wie schwer es ist, sich nicht zu verstecken! Das Lachen ist ein Versteck, dessen Tore sich jedem öffnen, der keinen anderen Ort hat, wo er sich verbergen kann. In Wahrheit ist das Sich-Verstecken auch nur wieder eine Art des Sich-Zeigens, und die Vermummungen, die wir wählen, offenbaren uns sicherer als alle Entblößungen. Der Unterschied liegt weniger beim Beobachter als bei demjenigen, der schreibt oder spricht. Entweder sucht man selber seine Verkleidung aus oder man behält nur die Masken an, die abzunehmen einem nicht gelungen ist: letzteres ist es, was ich versuchen will. Alle entfernbaren Schleier will ich herunterreißen, unmaskiert will ich mich fallen lassen in mich selbst. Noch stehe ich zögernd am Rande des Kraters und starre auf das undeutliche Brodeln, aus dem die Gedanken hervorgehen, auf das ferne Schimmern der Gefühle, und ich frage mich, welche Bergungsgeräte hier am besten angebracht wären.

Das Schwierigste ist nicht, sich nicht zu verstecken. Das Schwierigste ist, die Stimmen aus dem Gedächtnis- und Bewußtseins-Abseits emporsteigen zu lassen, die Angstschluchzer und Krämpfe der Unruhe nicht zu ersticken, und alle anderen Übel, die der Tod uns schickt, damit wir ihn in guter Erinnerung behalten. Mein Hirn ist blind, und trotz oder wegen seiner Blindheit kennt es keinen Augenblick der Ruhe. Vergebens wiederhole ich mir, daß es lächerlich und unziemlich ist, mich über die Bedingungen meiner Existenz zu beschweren, als teilte ich diese nicht mit einer Unzahl von − oberflächlich betrachtet, unterschiedlichen − Individuen, der Schrecken ist da, der Schrecken, leben zu müssen und zu sterben, und auch noch in dieser vorgegebenen Reihenfolge, die Demütigung, das Schicksal der Lebewesen erleiden zu müssen, im voraus besiegt zu sein, ohne daß mir die Chance gegeben worden wäre, zu kämpfen, meine Kraft und Geschicklichkeit zu beweisen, die doch außerordentlich sind; schließlich die Ohnmacht angesichts eines Verdikts, das weit vor meiner Geburt schon ausgesprochen wurde, lange bevor das Verfahren eröffnet, Hunderttausende von Jahren, bevor der Begriff der Justiz erfunden wurde.

Ich erkenne meine Niederlage an; man fordere

nicht von mir, sie zu akzeptieren. Und da das Urteil nicht sofort zu vollstrecken ist und man mir einen kleinen Aufschub von einer Stunde oder von fünfzig Jahren gewährt, richte ich mich auf und spucke der Zeit ins Gesicht.

Und nun steh auf, meine Buchstabenarmee, steht auf, meine kleinen alphabetischen Infanteristen! Es ist vielleicht zu spät, um die Schlacht zu gewinnen, aber noch nicht zu spät, um zu kämpfen. Ich will, daß jede Linie dieses Buches eine Reihe von Soldaten bildet, die sich um mich scharen. Ihre Hartnäckigkeit wird vielleicht größer sein als ihre Heldenhaftigkeit, aber wen wird das stören, bei einer Schlacht, die bereits verloren ist. Nichts verlangt größere Beharrlichkeit als im voraus verlorene Schlachten.

Im Grunde sind Bücher nichts anderes als Plädoyers, Gnadengesuche, welche die Dichter an eine höhere Instanz richten. Verzweifelt bringen sie nacheinander die Beweise an für ihren Wert, für die Einzigartigkeit ihres Schaffens, die Ungeheuerlichkeit ihrer Anstrengung, und sie strecken diese Beweisstücke dem Universum hin, heben sie bis in den Himmel und legen sie dem obersten Richter vor, sich festklammernd an der törichten Hoffnung, sie könnten verschont bleiben.

Nun hat sich die erste Person schon wieder verflüchtigt, wahrscheinlich mißfiel es ihr, irgendeiner Gruppe zugeordnet zu werden, sei es auch der sehr ehrenhaften der Dichter, und doch ist es mein eigener Kampf, den ich da beschrieb, und meine eigene Niederlage, aber meine erste Person lehnt sich auf gegen jede Identifizierung, sie ist allein und besteht darauf, es zu bleiben, sie gefällt sich in ihrer Einsamkeit, jenem stolzesten und traurigsten aller Zustände. Und ich merke, daß ich so stolz und so traurig bin, wie es eine erste Person nur sein kann, ohne von Dritten in ein Heim für erste Personen gesperrt zu werden.

Vorhin fiel mein Blick, durch das Zimmer streifend, auf meine nackte Fessel. Unter dem Gelenk, wo die Haut dünn und zart ist, klopfte eindringlich ein Äderchen, ein bläulicher Hügel hob und senkte sich in gleichmäßigen Abständen, als kauere hinter der Wand der Haut ein kleines, äußerst geduldiges Wesen, und bitte darum, herausgelassen zu werden. Berührt von soviel Demut und Diskretion, war ich versucht, ein Messer zu nehmen und das Männchen zu befreien, das unermüdlich weiter an jene bescheidene Pforte klopfte. Doch dann sagte ich mir: wenn ich jetzt diesem hier öffne, kann es durchaus passieren, daß ich eines Tages auch jenes andere Männlein herauslasse, das zuweilen in meiner Halsschlagader sitzt und klopft und mich freundlich bittet, ihm doch zu einem Ausgang zu verhelfen. Eigentlich hatte ich ja nicht vor, all diejenigen aus mir herauszulassen, die den Wunsch äußern, ans Freie zu treten; vielmehr wollte ich mich in mich hineinversenken und selbst dort an innere Türen klopfen. Und wenn niemand öffnet? Breche ich die Türen auf.

Bleibt diese Kreatur, die in mir wohnt und mir manchmal Zeichen gibt. Eine Art Seidenraupe, die sich von meinen Gedanken ernährt und sie in einen unsichtbaren Stoff verwandelt, in einen Kokon, wo sie sich einschließt, unerreichbar für mich. Vielleicht beherbergt jeder von uns solch eine mit Träumen und Erinnerungen gemästete Seidenraupe, die immer größer und größer wird. In dem Augenblick, wo sie uns an Gewicht und Größe überholt hat, sterben wir. Oder sind wir vielleicht selbst die Seidenraupen eines größeren Wesens, dessen Substanz wir langsam aufzehren, bis es schließlich an uns stirbt? Wer sich der Introspektion hingibt, läuft Gefahr, auf alle möglichen seltsamen Tiere zu stoßen, auf Parasiten und Nagetiere, die komplizierte Gänge graben und Trugbilder anhäufen.

Sich selbst auf den Grund gehen und der Sprache auf den Grund gehen läuft auf dasselbe hinaus. Ab einer gewissen Tiefe sind Geist und Sprache derart miteinander verflochten, daß es unmöglich ist, die Fäden des Geistes zu entwirren, ohne die Irrgänge der Sprache zu erkunden. Früher oder später treibt die Sprache einen in die Enge und man steht an der Wand und sieht keinen anderen Ausgang als den die Worte einem bieten, keinen anderen Boden als das Pflaster, das sie einem unter die Füße schieben.

Viele glauben, die Sprache sei ein Verständigungsmittel, ein Instrument, mit dessen Hilfe wir sagen können, was wir glauben, zu sagen zu haben. Das ist falsch. Die Geige ist ein Instrument, der Stift zur Not auch. Die Musik und die Sprache sind Ozeane. Man kommuniziert nicht mit Hilfe eines Ozeans.

Wer schreiben will, muß sehr lange in der Stille sitzenbleiben, um den Worten Zeit zu geben, an die Oberfläche zu kommen, er muß ihnen den Weg freiräumen, sie beruhigen, sie stumm und geduldig rufen. Er muß sie verlieren und zu gegebener Zeit wiederfinden können. Er muß anhören, was die Worte ihm zu sagen haben. Er muß schwimmen können. Er muß ertrinken können.

Mir gegenüber, auf der anderen Seite des Schreibtisches, sitzen zwei Herren, der eine jung, der andere alt. Ich bin zu einem Einstellungsgespräch gekommen; ich suche eine Zeitarbeit. Der jüngere der beiden Männer erklärt mir, wie man Feuer macht: mit einer Zange nimmt man einige Blätter Papier, tunkt sie in einen Eimer Klebstoff und zündet damit das Feuer an. Der Ältere der beiden fragt mich: »Wenn ich mir die Frage erlauben darf, mein Fräulein, verfügen Sie über einen ausreichenden zyklomateriellen Teller?« Es braucht eine gewisse Zeit, bis ich begriffen habe, daß er die Höhe meiner Einkünfte wissen will. Nachdem ich ihm eine bescheidene Summe genannt habe, führen die beiden Männer mich auf die Straße, wo andere Zeitarbeiter mitten in der Arbeit sind. Der eine schiebt einen Karren vor sich her, auf dem ein Maulesel festgezurrt ist. Der andere, ein Greis, steht auf Rollen und wird von einem Pferd gezogen, dem er den Rücken zukehrt. Im Mund hat er einen Riemen, der seine Mundwinkel bis zu den Ohren auseinanderzerrt. Diese Grimasse erweist sich als das Gesicht, das er seit fünfzig Jahren trägt. Anscheinend können manche Zeitarbeiten unendlich lang fortdauern.

Ich erwache mit dem Kopf nach unten, meine Füße hängen in den Sternen. Der Himmel ist ein weites Minenfeld, das sich flimmernd vor mir ausbreitet, ein Teppich, dessen kostbare Maschen bei jedem Schritt zu explodieren drohen. Während ich so hänge und das gefährliche Schillern beobachte, beginnt mir das Blut in den Kopf zu steigen und zu brummen, als hielte es meine Ohren für Propellerturbinen, und ich merke, daß mein Kopf ein Gestirn ist wie jedes andere, zufrieden, um nicht zu sagen stolz, fremdes Licht zu reflektieren. Mein Kopf ist ein Himmelskörper und gehört mir nicht mehr, muß ich voller Sorge feststellen. Mein rechtes Auge drückt sich an ein kosmisches Schlüsselloch und versucht, einen Zipfel Gott zu erhaschen. Das andere durchfegt den Himmel auf der Suche nach dem Teufel, und es dauert nicht lange, bis es ihn gefunden hat. Es setzt ihn auf dem Grund meiner leeren Augenhöhlen ab und läßt mich in seiner Gesellschaft.

Wieder ist es null Uhr null. Dieses Buch wird geschrieben werden zu der Stunde, in der die Leichen erwachen, und wenn es fertig sein wird, wird es Zeit sein für die Toten, in ihre Särge zurückzukehren und ihre Totenträume zu träumen. In der Zwischenzeit werde ich, künftiger Leichnam, sie in meine lebendigen Träume hineinholen, in einen Traum, der einen anderen Ausgang sucht als das Erwachen oder den Tod, der absolute Bewegungsfreiheit fordert, Farben, Formen und Düfte, die der wache Zustand nicht kennt, Klänge, deren Resonanz wächst, je unterirdischer sie werden. Während ich schreibe, begleitet mich das erloschene Geflüster, der schwache Singsang der Toten. Der Schlaf hat die Lebenden in weite Ferne gerückt, und ich kann sowenig zu ihnen wie die Vögel zu den Fischen ins Wasser können.

Der Mensch hat sich angewöhnt, tagsüber zu wachen und nachts zu schlafen, weil er das Bedürfnis hat, die Welt zu sehen, die ihn umgibt, und sein Gerippe an den Strahlen des Taggestirns zu wärmen. Wer in sein Inneres sehen will, gräbt seine Höhle besser in der Dunkelheit, schmiegt sich besser in die schwarze Watte der Nacht. Der Reisende, die Welt Erkundende, findet am Ende vielleicht etwas von sich selbst – wenn es da etwas zu finden gibt. Und der den

Blick nach innen Kehrende soll nicht umgekehrt die Welt in sich entdecken?

Nachts grabe ich Scherben des Universums aus, Wesen und Dinge aller Art, die eine unsichtbare Hand in mir fallen gelassen hat. In den Schulen und Universitäten lehrt man die jungen Leute, die Vase wieder auf eine bestimmte Weise zusammenzukleben, die Bruchstellen zu kaschieren und das Ganze sorgfältig zu glasieren, so daß schon nach wenigen Jahren niederer oder höherer Bildung alle dieselbe innere Welt in Form etwa einer pseudo-antiken Amphore besitzen, und dieses unechte Vasenmodell ist es, was ganze Generationen später an Stelle eines Gehirns mit sich herumtragen. Diese Gebrauchsanweisungen und Montagepläne gilt es künftig zu verlernen. Versuchen wir, mit den Teilen, die in unserem Besitz sind, selbst zurechtzukommen, sie zusammenzukleben oder in tausend Stücke zu zerschmettern, je nachdem, wie es uns gut und richtig scheint, und diejenigen Fragmente zu entfernen, die einer Isolierung bedürfen. Mir scheint, wenn es mir gelänge, mein zersplittertes Universum nur einmal mit dem Blick oder gar mit Worten zu umfassen, ich wäre in meiner Reise weitergekommen und könnte langsamer gehen.

In der Stille der Nacht werden die Dinge starr und schwer und geben vor, sich schon seit hundert Jahren nicht mehr von der Stelle bewegt zu haben. Die

Nacht fällt auf sie wie eine Staubschicht und läßt sie zu einem Stilleben gerinnen, das wie von der Zeit selbst gemalt scheint. Als gelänge es der Aufregung und dem Lärm des Tages, die Dinge ihrem Totenschlaf zu entreißen, bis die Nacht sie wieder lähmt.

Manchmal sind die Dinge freundlich zu mir; aus reiner Diskretion geben sie vor, mich gar nicht zu bemerken, und leisten mir unauffällig Gesellschaft. Dann sind sie wieder unerträglich mit ihrem zwanghaften Bestreben, natürlich zu wirken, mit ihren trotzigen Posen und ihrer durch nichts zu störenden Gleichgültigkeit. Oftmals sitzen wir uns nachts gegenüber wie Porzellanfiguren, aber immer bin ich es, die zuerst den Blick abwendet und sich geschlagen gibt. Die Dinge sind unbesiegbar und amüsieren sich nicht.

Das Lachen wurde uns geschenkt, um uns über unsere Niederlage hinwegzutrösten. Mit dieser mächtigen Waffe bedrohe ich die Niedergeschlagenheit, den Überdruß, die Langeweile und die Verzweiflung. Sogar der Tod kuscht vor ihr. Wer zuletzt lacht, lacht am besten, sagt eine Stimme, die ich nicht recht einordnen kann, obwohl ich sie schon hundertmal gehört habe. Nun gut, ich werde wohl nicht diejenige sein, die zuletzt lacht, aber du bestimmt ebensowenig, möchte ich der Stimme zurufen, und auch kein anderes Lebewesen, haben doch die Lebewesen die Gewissheit gemein, daß sie, was auch immer sie tun, nicht die einzigen sind dabei. Übrigens würde ich gerne einmal denjenigen kennenlernen, der zuletzt lachen wird, und ein bißchen mit ihm plaudern. Könnte es sein, daß es derselbe ist, der zuerst gelacht hat?

In der Tiefe tauchend trifft mein Blick auf eine Wolkenschicht, die mir etwas verdeckt, aber was? Durch eine plötzlich sich auftuende Öffnung erblicke ich das knittrige Meer, die unzähligen, mit Schaum geschriebenen Linien des Buches, das vor den halbgeöffneten Augen eines müden Gottes ausgebreitet liegt. Vergeblich versuche ich, die mit weißer Tinte aufgezeichnete Geschichte zu lesen, deren Worte sich unentwegt auflösen und wieder neu entstehen, als wisse das Meer nicht recht, welchen Stil es am besten anzunehmen oder welchem Thema es sich zuzuwenden habe, als radiere es ständig ganze Sätze wieder aus, um sie an anderer Stelle neu zu formulieren, eine bewegliche, vielleicht sogar bewegende Geschichte, für den, der sie zu entziffern verstünde.

Wenn es mir gelingt, die Wolkenschicht zu durchdringen, lasse ich mich auf der undurchsichtigen Meeresoberfläche nieder wie ein Schmetterling auf einem offenen Buch und sehe, wie die Worte und die Satzzeichen leuchten und um mich herumtanzen und Neptun ärgern, indem sie ihn heimlich in Klammern setzen. Dann tauche ich weiter hinunter bis auf den Meeresgrund, wo die Kraken mit unsichtbarer

Tinte schreiben und die Zeit sich dehnt, damit die Träume aufblühen und sich entfalten können.

Oft reise ich durch exotische Länder, wo ich Wesen begegne, die die Anmut von Seepferdchen besitzen und die Zartheit eines Fliegenflügels. Andere schreiten feierlich einher, flankiert von Lemuren, wenn sie nicht Froschmänner, gekrönte Staatsoberhäupter, Trolle oder Matronen an der Leine herumführen. Wieder andere versuchen sich einzuschmeicheln bei mir mit ihren dicken Honigtränen und ihren gepfefferten Hosentaschen, wo sie die Hasen vergraben. Ich liebe es, zwischen diesem lustigen Volk zu flanieren, ausgerüstet mit meinem Taucheranzug und meiner Bleimine, und diese Sonderlinge, die miteinander schwatzen und mir keinerlei Beachtung schenken, flugs auf das Papier zu werfen.

Eines Tages spazierte ich auf den großen Boulevards dahin und wunderte mich, daß sie wie ausgestorben waren. Ich ging an den erleuchteten Schaufenstern und den leeren Café-Terrassen vorbei, die fliegenden Händler hatten ihre Waren ausgebreitet liegengelassen, und die Busse fuhren ohne Fahrer durch die Stadt. Ich lief mehrere hundert Meter, ohne einer menschlichen oder tierischen Seele zu begegnen. Ein plötzlicher Verdacht überfiel mich; ich hob die Augen, und – da waren sie alle, ungefähr fünfzehn Meter über dem Erdboden, und plapperten und schnatterten, als wäre nichts geschehen, und es war ja auch nicht viel geschehen, außer daß diejenigen, die gestern noch eine Erdgeschoßwohnung besaßen, nun im fünften Stock wohnten. Wie launisch doch das Schicksal ist, dachte ich. Da ist man eine Sekunde unachtsam, und schon nützt die Welt diese Schwäche aus, um eine Stufe höher zu rücken und einen an Ort und Stelle zurückzulassen, durcheinander und niedergeschlagen über diesen neuerlichen Schicksalsschlag, denn natürlich ist es nicht der erste dieser Art, aber diese Anhebung der Bevölkerung ist der Tropfen, der das Faß zum Überlaufen bringt.

An anderen Tagen ist die Stadt schwarz von Leichen, die schwerfälligen Schrittes unsagbar langsam durch die Straßen ziehen, und ich muß mir einen Weg bahnen in ihrer Mitte und mich mit den Ellenbogen vordrängen, wenn ich mich auch nur zentimeterweise vom Fleck bewegen will, darf nicht in ihren Totenrhythmus fallen, und im Vorbeigehen werfe ich ihnen einen kurzen Blick aus dem Augenwinkel zu, um herauszufinden, was sie aushecken, aber ihre lippenlosen Münder lassen weder Schreie heraus noch Geflüster, und auch ihre tief in den Höhlen kauernden Augen verraten nicht den kleinsten Gedanken. An diesen Tagen halte ich mich nicht lange auf in der Stadt und kehre nach Hause zurück, so schnell ich kann.

Kaum bin ich eingetreten, habe ich keinen anderen Wunsch, als sogleich wieder hinauszustürzen, um der Tyrannei meines Kopfes zu entgehen – und vergesse dabei, daß dieser ja solide an meinem Hals vertäut ist und sich weigert, auch nur fünf Minuten alleine zu bleiben –, um der Diktatur meines Hirns zu entfliehen, das darauf besteht, mir von morgens bis abends Leute vorzustellen, so daß die Besucher unablässig vor meinem inneren Auge vorüberziehen, wobei sie den Hut lüften oder mir einen Handkuß zuwerfen, Wesen unterschiedlichster Größe und Herkunft (hauptsächlich Säugetiere) grüßen mich liebenswürdig, doch mir schwindelt von ihrem ständigen Hin und Her, ich möchte Schiffbruch erleiden in der Nähe eines einsamen Kopfes, eines guten Kopfes, wenn möglich, und ich würde nichts mitnehmen und meinen schlechten alten rührigen Kopf mit dem lecken Schiff untergehen lassen.

Wenn man chirurgisch eine Hirnhemisphäre entfernt, egal welche, behält der Patient all seine Erinnerungen. Die Natur, wisse einer warum, hat das Gedächtnis vorsichtshalber doppelt gespeichert. Und wenn man die Hirnschale ganz entkernt? Was hat die Natur für diesen Fall vorgesehen?

Es gibt Menschen, die nach einer Hirnblutung keine Farben mehr wahrnehmen können, deren Sehkraft aber sonst uneingeschränkt ist. Man stellte fest, daß diese Menschen sich gleichzeitig auch keine Farben mehr *vorstellen* können, was bedeutet, daß die

Vorstellungskraft eng mit der Fähigkeit des Sehens verknüpft ist. Ich kann mir nur vorstellen, was ich bereits gesehen habe, und unter Umständen sogar, was ich auch weiterhin sehen kann. Meine Sinne gebieten über meine Vorstellungskraft und weisen sie in ihre Schranken. Im besten Falle kann ich mir einen vierbeinigen Fisch vorstellen oder ein fliegendes Haus, d. h., ich kann die mir bekannten Phänomene neu kombinieren. Aber die Vorstellung hilft mir nicht, die Grenzen der Wirklichkeit zu überschreiten. Sie serviert mir Gerichte, die ich schon einmal gegessen habe, und manchmal macht sie sich noch nicht einmal die Mühe, sie aufzuwärmen.

Die Vorstellungswelt ist ein Laufstall mit eisernen Gittern, kaum größer als die anderen Käfige, die uns umgeben. Diesen Laufstall tragen wir mit uns herum, wohin wir auch gehen. Er ist so weitläufig, daß wir den ganzen Tag in ihm spazierengehen können, ohne uns zu langweilen, und er kann sich sogar noch erheblich vergrößern, sobald wir es darauf anlegen, die sichtbare Welt durcheinanderzuwürfeln und neue Kombinationen zu schaffen, aber früher oder später steht man vor ihren Grenzen, die wir, mehr noch als den Tod selbst, mit allen Lebenden teilen. Meine Vorstellungskraft kann mich – wenn auch nur äußerst bedingt –, in das Hirn eines Lebewesens meiner Art befördern. Schon wenn es sich um ein Lebewesen einer anderen, verwandten Art handelt, ist sie dazu nicht mehr in der Lage. Sie ist machtlos, wenn ich sie bitte, mich *wirklich* woandershin zu transportieren, und wenn ich *woandershin* sage, meine ich nicht auf den Planeten Mars oder auf den Mond, sondern einfach außerhalb meiner selbst. Das wäre es, was ich von einer Einbildungskraft erwarten würde, die ihren Namen verdient: daß sie mich aus den Angeln meines Bewußtseins hebt und mich, sei es nur für einen Augenblick, in ein Universum trägt, in dem die menschlichen Kategorien keine Gültigkeit mehr haben. Diese Reise wäre vielleicht unmenschlich, aber gewiß kein Delirium, sie vollzöge sich in sicherer Entfernung von allem Wahnsinn und aller Vernunft. Die Sprache wäre gewiß der erste über Bord geworfene Ballast, kurz vor dem rohstoffliefernden Sehsinn, und das ganze Gehirn folgte ihnen nach – um mich in Gesellschaft des Unbekannten zu lassen.

Der Globus, in dessen Innerem ich mich befinde, ist undurchlässiger als die Erdoberfläche, die ja immerhin hier und da das Emporquellen und Durchsickern des Wassers und das Speien von Lava zuläßt. Die knöcherne Sphäre, die mich umgibt, ist vollkommen hermetisch. Ich möchte Schwung nehmen, schwimmen, laufen, stoße aber immer wieder an dieselben Befestigungen. Also drehe ich mich im Kreis in meinem Käfig, laufe hin und her auf der Suche nach einem Ausgang, den es nicht gibt. Worauf ist sie bloß aus, diese traurige Figur? Auf eine Begegnung mit dem Außerirdischen? Will sie in die Haut eines Bussards schlüpfen? Oder einer Ratte? Die Wahrheit ist, daß sie nicht weiß, worauf sie aus ist; wüßte sie es, sie würde nicht suchen. Sie ist von innerer Klaustrophobie bedroht. Menschenmengen, Aufzüge, geschlossene Türen erträgt sie mit Leichtigkeit; worunter sie leidet, ist die Gefangenschaft im eigenen Kopf. Gibt es eine Heilung? Würden Spaziergänge vielleicht helfen oder Reisen? Doch der Kopf ist der ewige Reisebegleiter und läßt einem keine Sekunde zur freien Verfügung.

Die Grenzen der Vorstellung sind nicht imaginär. Sich in die Nähe dieser Barrieren zu begeben ist schwierig und gefährlich. Ich versuche etwas *anderes* zu denken, und was mich schwindeln läßt, ist zunächst das Entschwinden der Sprache, ihr Zusammenbrechen unter meinen Schritten, und plötzlich werde ich der Unnötigkeit meiner Bemühungen gewahr und meiner Zugehörigkeit zur menschlichen Art, die zu verdrängen ich mir vorgenommen hatte. Ich habe nie bedauert, nicht fliegen oder nicht im Wasser atmen zu können, denn meine Einbildung hilft mir mühelos über diese Unzulänglichkeiten hinweg. Unerträglich ist mir hingegen, mich nicht *anders* bewegen zu können, weder zu Fuß noch fliegend noch schwimmend noch mittels irgendeiner der uns bekannten Fortbewegungsmöglichkeiten, und auf dieses Wort »anders« angewiesen zu sein, will ich beschreiben, was ich nicht die Kraft habe zu sagen oder auch nur zu denken.

Du wirst es schon noch früh genug kennenlernen, dieses »Andere«, flüstert mir eine vertraute Stimme ins Ohr – meine eigene? –, du brauchst nicht so ungeduldig zu sein. Eine zweite Stimme – meine eigene? – antwortet: Es gibt nichts »anderes« für die Menschen, weder diesseits noch jenseits des Todes.

Statt mich in einem noch nie betretenen Territorium abzusetzen, worum ich sie inständig bitte, gefällt es meiner Einbildung, mich abgedroschene Rollen spielen und Kriminelle, Mörder und Selbstmörder mimen zu lassen. Sie nützt meine Ängste aus, um mir Drehbücher aufzudrängen, die als Film zweifellos für Minderjährige verboten wären, »gewisse Szenen könnten jüngere Zuschauer schockieren«. Zum Beispiel werfe ich mich systematisch von allen Hochhäusern oder Felsenklippen, auf die ich steige. Hundertfach wurde ich schon auf den Felsen oder auf dem Asphalt zerschmettert, nie bin ich unversehrt davongekommen. Bei 160 km / h auf der Autobahn oder auf kurvigen Bergstraßen reiße ich das Steuer herum und schieße über die Straße hinaus, und meine Glieder tanzen durch die Luft und über die Felder. Das alles würde mich nicht über die Maßen stören, wenn ich mein einziges Opfer wäre, und wenn nicht Unschuldige jeden Tag den Verletzungen, die ich ihnen zufüge, erlägen. Auch sollten Sie sich davor hüten, mich in Ihre Küche einzuladen, wo ganze Batterien von Messern und spitzen Utensilien sich in meine Hände legen, sobald sie mich kommen sehen, und darauf bestehen, augenblicklich in menschliches Fleisch gestoßen zu werden. Ich kann nicht anders, als mich ihren Wünschen und den Obsessionen des Drehbuchautors zu beugen und weit auszuholen mit dem Arm, um mit der größtmöglichen Kraft zuzustechen, und ich stoße und schneide und hacke und zermalme blindlings, als ginge es darum, einen Rekord der Grausamkeit zu überbieten.

Das alles wäre zweifellos sehr unterhaltsam, wären die Opfer dieses Sadismus nicht insbesondere, oder besser – warum es verschweigen? – ausschließlich, die mir nächsten und liebsten Menschen. Zuweilen verabreiche ich ihnen Schläge, die einen Elefanten umwerfen würden, ich schneide ihnen die Gurgel durch oder stoße sie in den Schlund eines Vulkans. Ich stehe ruhig da und plaudere mit dem Menschen, der mir in dieser Welt alles bedeutet, und plötzlich, unvermittelt, *sehe ich mich,* wie ich ihm ein Messer in die Brust ramme oder in den Rücken, wie ich ihm jedenfalls entsetzlich wehtue, *ich sehe mich* ihn töten, und ich muß die Augen schließen und mich schütteln wie ein aus dem Wasser springender Hund, um die Vision zu verjagen und den Autor dieses schlechten Drehbuchs an seinen Platz zu verweisen. Seit ich in diesen Horrorfilmen mitspiele, verstehe ich endlich, was der Ausdruck »fahrlässige Tötung« bedeutet.

Für all das gibt es gewiß eine sehr einfache Erklärung, wie es gewiß für alles eine sehr einfache Erklärung gibt, nur weiß ich sie nicht.

Solche üblen Streiche spielt mir mein Hirn jeden Tag, nur daß es keine üblen Streiche, sondern Foltersitzungen sind, wenngleich jede von ihnen nur ein Augenzwinkern lang andauert, und der heitere Ton, in dem ich sie beschreibe, im Grunde überhaupt nicht zu ihnen passen will. Den Ernst nicht zu scheuen ist eine stilistische Anforderung, der ich mich nicht gewachsen fühle. Ob ihr denn unbedingt entsprochen werden muß, ist eine Frage, der ich mich genauso wenig gewachsen fühle, und so immer fort, weshalb wohl nie ein Problem durch mich seine Lösung finden wird. Ernsthaftigkeit scheint mir ein Zeichen von Geschmacklosigkeit. Einer Geschmacklosigkeit, von der ich mir wünsche, sie möge mir unterlaufen.

Ich *sehe mich* töten, und diese Vision enthält, irgendwo im Hintergrund des Bildes oder außerhalb des Rahmens, ein Wesen, das mich zum Verbrechen anstiftet. Werde ich eines Tages von den Erzeugnissen meiner Einbildung geschluckt werden, wie ein Besucher des Louvre, der, vor Uccellos *Schlacht von San*

Romano stehend, plötzlich von dem Gemälde aufgesogen würde und nun hinter der Lanzenhecke mit dem traurigen Blick des Tigers im Raubtierkäfig die Touristen beäugt?

Ich sehe mich auch – mein Gott, welch eines Tröpfchens Vorstellungsgabe es dazu bedarf – in einem dunklen Holzsarg aus Akazienholz vielleicht, nein, zu teuer, aus japanischem Kirschbaum auch nicht, was benutzt man heutzutage zur Herstellung von Särgen, Kiefer vielleicht? Oder Pinie? Ich liege jedenfalls darin, meine Füße und mein Schädel berühren das Holz, falls der Sarg nicht gerade maßgefertigt ist, vielleicht ist es auch besser, eingeklemmt zu sein, um nicht bei den geringsten Erschütterungen nach rechts und nach links geschleudert zu werden, wenn man erst einmal unten angekommen ist, holpert es freilich nicht mehr für einige Zeit, das Leben der Toten ist nicht sehr holperig, und ich bin umso fester eingeklemmt, als mein Körper jene Statuenstarre besitzt, die uns Menschen nahelegt, unsere Toten doch besser aufrecht stehend zu verwahren, eine Methode, die den Vorteil hätte, platzsparend zu sein, doch da der Tod noch häufig mit einem langen Schlaf verglichen wird, schrecken wir davor zurück, unsere Leichen in die Senkrechte zu zwingen. Meine Haut ist gelblich, genauer gesagt *wächsern*, denn die Haut europäischer Leichen ist immer wächsern, und es gibt keinen

Grund, warum meine elfenbeinfarben sein sollte. Nun liege ich bereits seit vierundzwanzig Stunden drei Meter unter der Erdoberfläche und meine Haare und Nägel wachsen weiter, als wäre die Botschaft – halt, nicht mehr bewegen! – nicht zu ihnen durchgedrungen; es ist nichts zu machen: für die Stimme der benachbarten Zellen taub, gewinnen sie hartnäckig Boden, Millimeter für Millimeter, ähnlich, in diesem Vom-Leben-nicht-lassen-Wollen, der Kreuzotter, die eine Stunde, nachdem man ihr den Kopf abgeschlagen hat, noch beißen kann, so daß geköpfte Kreuzottern in Wahrheit viel gefährlicher als unversehrte Kreuzottern sind, weil man sich ihnen gegenüber in Sicherheit wähnt und davon ausgeht, der Tod habe sie unschädlich gemacht. Mein hagerer Rumpf ähnelt jetzt einem in einer mondlosen Nacht gestrandeten Bootswrack, die vorragenden Hüftknochen zeigen den Hafeneingang an, aber die Barke hat sich schon mit Wasser gefüllt, bevor sie das Ufer erreichen konnte, das Meer hat eine Zeitlang auf ihr herumgekaut und sie schließlich ausgespuckt, und nun segle ich auf dem Trockenen unter der dünnen Takelage meines Nachthemds, oder womit bekleidet man heutzutage die Leichen, mit einem Trainingsanzug aus Kunststoff vielleicht, oder vielleicht bedeckt man sie auch nur mit einem Laken und sie liegen nackt auf dem blanken Holz, man muß den mikroskopischen Aasfressern, die sich auf den Neuankömmling stürzen, den Zugang erleichtern, ich weiß ja so wenig darüber, und doch sehe ich mich in diesem Sarg, als wäre ich der Allmächtige in Person, nur daß der Allmächtige es wahrscheinlich vermeidet, sich Leichen aus zu großer Nähe anzuschauen, das jedenfalls würde ich an seiner Stelle tun. Ich habe weder Gedanken noch Bewußtsein noch Erinnerungen mehr, mein Blut trocknet in meinen Adern und wird schwarz, wie die Leinwand schwarz wird, worauf die Welt mir ihre bunten Bilder warf, jedem seine Privatvorführung, und jene scheinbar grenzenlose Stadt, die ich mir gebaut hatte, jene hell erleuchtete, wunderbar strahlende Stadt, in der man allerdings nur einmal falsch abzubiegen brauchte, und man befand sich plötzlich in einer dunklen, dreckigen Gasse, was ist aus dieser Stadt geworden, sie ist von einer Karte verschwunden, auf der sie nie verzeichnet war, meinen Körper vermache ich der Wissenschaft, vielleicht ist doch noch etwas aus ihm herauszuholen, ein Herz, eine Niere, ein Auge, wer weiß, aber diese Stadt und ihre Bewohner hätte ich gerne vor der Vernichtung bewahrt, all die Straßen, die zu durchstreifen ich noch keine Zeit hatte, all die Fassaden, an denen ich vorübergelaufen bin, ohne den Kopf zu heben, die Mahnmale, Brücken, Katakomben, ganze Viertel, die ich nie betreten habe, diese Ameisen-, Licht- und Unratstadt, was ist aus ihr geworden? Ich liege in einem Sarg aus dunklem Holz, und der Wurm ist bereits in der Frucht.

Ich sehe mich auch tanzen, barfüßig auf festgetretener Erde, lange, weiße Schleier wie die der Isadora Duncan verlängern meine Arme, Schleier, deren Enden sich in den Wolken verlieren, oder enden die Wolken in mir? Ich tanze inmitten der zerfaserten Wolken und langen Dunstbänder, deren weite Kurven den Himmel zerschneiden wie Flugzeugspuren, die sich allmählich verwischen und an anderer Stelle neu entstehen, elegante Fangarme, die ich im Wind flattern lasse, bis sie den Globus umrundet haben, tanzend spinne ich das Netz, mit dem ich die Erde einfangen werde, ich drehe mich jetzt schnell, immer schneller, bin ein zur Sphärenmusik tanzender Kreisel, ein Knäuel, von dem sich ein geheimnisvoller Faden wickelt, ich tanze mit geschlossenen Augen, bete, meine Füße berühren den Boden nicht mehr, und plötzlich entwirren sich die Fäden, das Netz zerfällt, langsam heben sich die Wolken und ziehen mich mit in die Höhe, ich öffne die Augen, es ist null Uhr null, und geblendet sehe ich die sanften Hügel des Jenseits, die Einsamkeit ist groß hier und die Musik ist verstummt, ich drehe mich nicht mehr, aber die Luft tanzt weiter um mich her, hohe Stimmen erklingen in der Ferne, aber diese Ferne ist in mir, ihr vertrautes und schreckliches Echo wird lauter und ich liege nackt in einem dunklen Holzsarg.

In mir herrscht eine berauschende Stille, in jedem meiner inneren Ohren ist ein Meer eingesperrt, die Wellen brechen gegen den Damm meines Schädels und ziehen sich dann weit zurück, auf der Suche wonach? Auf der Suche nach einer inneren Flamme vielleicht, die sie mit gewaltigen Wassermassen löschen wollen, aber die innere Flamme verspottet ihre Verfolger und streckt ihnen ihre Feuerzungen heraus: hell aufflackernd flüchtet sie ins Unerreichbare, begleitet von ihrem Schattengefolge.

In dem dehnbaren Zylinder meines Geistes habe ich Messer jeglicher Größe und Form angesammelt, gigantische Degen, furchterregende Lanzen und sogar, für besondere Gelegenheiten, das Schwert Excalibur. Man glaube jedoch nicht, daß ich nur mit blanker Klinge kämpfe. Ich besitze auch Pistolen, wie man sie nur in Krimis, Maschinengewehre, wie man sie nur in Kriegsfilmen, und sogar ein paar Atombomben, wie man sie nur in Dokumentarfilmen sieht. All dieser Waffen bediene ich mich täglich, um nicht zu sagen in jeder Sekunde, und ich muß ständig darauf achten, daß die Munition nicht ausgeht. Die Feinde sind zahlreich und es kommen jeden Tag neue hinzu. Manche belagern den Zylinder schon seit Jahren und hoffen, mich bald verhungern und verdursten zu sehen, aber ich versorge mich mit Wasser und Nahrungsmitteln über jedesmal neue und mir allein bekannte Wege. Andere greifen mich frontal an und lassen Bomben und Granaten auf mich regnen, ganz zu schweigen von jenen hinterhältigen Geschossen, die mit Verspätung hochgehen, und den Giftgasen, die jeden langsam töten, der sie nicht zu neutralisieren weiß. Ich muß wachsam sein. Nie die Augen schließen, den Himmel bewachen, immer sprungbereit. Der geringste Fehler wäre nicht wiedergutzumachen.

Bis zu den Zähnen bewaffnet trotze ich dem hinter tausend Masken verborgenen Feind, und ich erschlage ihn mit Hilfe eines Spezialblitzes, sobald er den kleinen Finger rührt. Gegen den tausendköpfigen Angreifer kämpfe ich allein und ohne zu wanken. Die Waghalsigen, die bis zu mir vorstoßen – es sind ihrer nicht viele, denn mein Territorium ist von einem derart dichten Minenfeld umgeben, daß man schwerlich eine Fußzehe darauf setzen kann, ohne eine ungeheure Explosion auszulösen – die Waghalsigen durchbohre ich mit Pfeilen und Lanzen aller Art und ertränke sie dabei. Die Widerstandsfähigsten unter ihnen widerstehen nie länger als ein paar Sekunden.

Dank dieser rigorosen Selbstverteidigungsstrategie ist der Tod in mir schon hunderttausendfach gestorben. Ich habe ihn mit Füßen getreten und mich in ihm festgebissen, ich habe ihn durchlöchert mit allen Kugeln, die mein Arsenal zu bieten hatte. Heute scheint mir, als sei ich noch am Leben; aber ich darf in meinen Bemühungen nicht innehalten.

Feststellung: je hitziger sie verfolgt wird, umso mehr wandelt sich die erste Person, sie verdichtet sich, zieht sich zusammen zu einem Zylinder mit variablem Durchmesser und ungewisser Tiefe. Diesen Rückzug in ein streng umgrenztes, allerdings gewissen Schwankungen unterworfenes Gebiet nützt die erste Person, um ihren von schimmernden Augen gesäumten Pfauenschwanz aufs artigste aufzufächern. Die zu stark geschminkten bunten Pfauenaugen der ersten Person sind Tag und Nacht auf ihr eigenes Spiegelbild gerichtet. Die erste Person ist über alle Maßen eitel; noch ihre Mängel liebt und hegt sie wie rachitische Kinder. Sie ist ein Brunnen, der sich verliebt über seinen eigenen Abgrund neigt; sie stellt sich gerne dar, wobei sie stets die größte Bescheidenheit und Diskretion vortäuscht. Die erste Person ist als einzige hohl. Die zweite Person ist ein Pflasterstein, der seine ausdrucksvollste Seite der Welt zuwendet. Und die dritte? Die dritte ist ein von ungeschickter Hand geworfener Würfel. Der Plural hat nur eine grammatische Form und Existenz und wird deshalb hier nur beiläufig erwähnt. Dieses Buch wird in der Einzahl geschrieben.

Langsam taste ich mich vor auf dem spiralenförmigen Weg, der in den Krater hinabführt; manchmal komme ich ab und muß erst wieder ein Stück hinauf, und während ich durchs Geröll stolpere, rufe ich mir das unbekannte Ziel vor Augen, das zu verfolgen um

jeden Preis ich mir geschworen habe. Die Abstiegs-
route ist ungewiß und umso riskanter, als ich auf
dem Rücken den Leser trage, jene dritte Person, die
mir zuweilen entgleitet und zur zweiten Person
wird, jenen kompakten, undurchsichtigen Würfel
oder Pflasterstein, dessen Flugbahn ich beugen
möchte. Ich sehe dich zögern, Leser, du wendest
dich um und betrachtest den klaren Himmel, den du
hinter dir läßt, das warme Licht, in das deine Erinnerungen getaucht sind, die Wiesenblumen, die im
Geröll nicht wachsen, und du bereust es bereits, dich
an meiner Seite dieser dunklen Spirale anvertraut zu
haben, die nirgendwo hin-, sondern nur wegführt,
weg von der Sonne, weg von den Blättern, weg vom
Asphalt. Wenn der Abstieg dir zu beschwerlich ist
und du an Atemnot zu leiden beginnst, dann schlage
dieses Buch hier zu. Wenn du aber bereit bist, mich
bis ans Ende meiner Reise zu begleiten, wenn dir das
Maulwurfleben nicht zuwider ist, dann will ich dir
Schwärme von unterirdischen Sonnen zeigen, eine
verborgene Flora und Fauna, wie sie auf Erden nicht
zu finden sind.

Im Halbdunkel des Kraters hat sich die seit Urzeiten angesammelte Unruhe zu einer knorpeligen,
schmerzhaften Kugel verdichtet, die von Tausenden
diffusen Empfindungen wie von Wetterleuchten
durchflutet wird, maßlose Entladungen, die jedoch
keinerlei Erleichterung bringen, sondern im Gegen-

teil die elektrische Spannung noch verstärken, die in meinem freigelegten Hirn die Worte knistern läßt, nur schnell auftauchen jetzt an die Oberfläche, wieder ruhiger atmen lernen, neuer Versuch. Schüsse fallen in gleichmäßigen Abständen – wird so hier Mitternacht geläutet? Die Detonationen erzeugen in mir ein Echo ohne Ende, das sie miteinander verbindet, bis nur noch eine einzige Explosion von Tal zu Tal widerhallt, ein Sprengstofflager, das Feuer gefangen hat in einem Grab, dann zieht sich der Knoten der Unruhe noch mehr zusammen und wird härter als ein Kiesel, ein unheilbarer Krampf hindert mich daran, stillzuhalten, zwingt mich, die Beine zu bewegen und alle paar Sekunden die Haltung zu verändern, denn ich werde überfallen von einem unermüdlichen Insektenvolk, das bis zu meinem Kopf vordringen will und mir keinen Moment Ruhe läßt, bald wimmelt mein Hirn von mikroskopisch kleinen Mücken und Schnaken, Fliegen und Flöhen, von holz- und fleischfressenden Insekten, die ihre Saugrüssel direkt in meine Gehirnflüssigkeit tunken, und während sie sich an meinem Rückenmark gütlich tun, kitzeln ihre unzähligen Füße meine Nervenzellen und drängen mich, wozu, ich weiß es nicht, aber sie drängen mich, doch ich kann mich nun nicht mehr rühren, als lebendige Salzsäule erdulde ich den Ansturm der Insekten, die beschlossen haben, mich auszuhöhlen, und was ist das für ein Flüstern, das meine Trommelfelle reizt, wenn nicht das leise Rauschen ihrer Flügel, mit dem mir etwas mitgeteilt werden soll, aber was? wahrscheinlich meine Verabschiedung, oder der Tod eines lieben Menschen, oder mein eigener, frühzeitiger Tod, wie soll man sich sammeln in dieser summenden, eisigen Nacht.

Weitere Feststellung: der Tod erwartet uns tief in unserem Innern, wo er von Anfang an war, diskret lächelt er hinter der schützenden Haut- und Fettschicht, also hinter dem Leben selbst, denn das Leben ist die Epidermis unseres Wesens, während der Tod in seiner Mitte wohnt, die Haut ist ein mehr oder minder dezentes Kostüm, das über das innere Desaster hinwegtäuschen soll, wir sind in Leben gekleidet und brüten den Tod aus, was wir dem Schöpfer zu verdanken haben, der uns genauso gut hätte in ein Todeskleid stecken und uns das Leben in dem Magen verpflanzen können, wir wären furchtbar anzuschauen gewesen, viel furchtbarer, als wir es jetzt sind, aber wir wären vielleicht glücklicher gewesen, der Besitz eines verborgenen Schatzes hätte uns Ruhe und Sicherheit gegeben, und die Existenz hätte nicht schwerer gewogen als ein Champagnerbläschen.

Mit den Jahren kommt der Tod aus seinem Loch heraus, breitet sich auf der Oberfläche der Menschen aus und nagt an den Lebensresten, die dort hängengeblieben sind. Als Seeungeheuer erschreckt er die Passanten und setzt sich auf die Gesichter der

Greise, zieht deren Mundwinkel böse herab, als wollte er sie ins Grab ziehen. Und das Leben, wo verschwindet es hin? Meistens verflüchtigt es sich, ohne andere Spuren zu hinterlassen als einen winzigen Funken im Auge. Verschüchtert, ängstlich flieht es das Tageslicht und die Blicke der Uhren und der Menschen, die unablässig in die Zukunft gerichtet sind, wo sie ihren Gott-Messias wähnen und wohin sie ständig mit kleinen, beharrlichen Schritten unterwegs sind, in der festen Überzeugung, Ihn früher oder später einzuholen. Viele bringen sich um aus Angst vor dem Tod. Andere bringen sich um aus Angst vor dem Leben, was auf dasselbe hinausläuft. Wieder andere bringen sich nicht um, was ebenfalls auf dasselbe hinausläuft. Die Feigsten, zu denen ich mich zähle, flüchten in den Schlaf, um den neurotischen Gang der Zeiger nicht mehr sehen zu müssen. Der Schlaf ist eine Unterwelt, aus der man kurzfristig wieder entflieht. Im Schlaf verschwindet die Zeit aus dem Bewußtsein – der furchtbarste Albtraum ist immer noch der Bewegung der Uhrzeiger vorzuziehen, die mit unserem Lebensfaden ein Leichenhemd stricken. Der Lebensfaden ist der rote Faden einer Geschichte, von der wir weder den Anfang noch das Ende kennen; ein blutiges Rinnsal, aus der Nähe betrachtet. Im Schlaf entfernt sich der Tod und verliert seine Macht. Manchmal gelingt es ihm, in die Träume zu schlüpfen, aber kein Traum ist so schrecklich wie die Klarsicht, zu der uns der wache Zustand verdammt.

Auf Befehl der Form, in die sie gegossen ist, arbeitet sich meine erste Person immer weiter in einen grammatikalischen und existentiellen Hohlweg vor, dessen Ende nicht zu sehen ist, ein Engpaß, der ihr die Kehle zudrückt und ihr den Atem nimmt. Die Luft der Tiefe ist unter innerer Klaustrophobie leidenden ersten Personen abträglich. Dort, wo sie jetzt steht, auf halbem Wege zwischen der Welt und sich selbst, wird ihr niemand zu Hilfe eilen. Die erste Person ist allein, wohltuend und schrecklich allein steht sie vor Lichtungen, die noch nicht geschlagen sind.

Zwar ist sich meine erste Person ihrer übergroßen Dimensionen durchaus bewußt, jedoch vergißt sie darüber nie ihre Bedeutungslosigkeit und die Winzigkeit des Instruments, auf dem sie ihren Beitrag leistet zur Katzenmusik der menschlichen Geschichte, und dieses ständige Schwanken zwischen Mikro- und Megalomanie bewirkt ein allgemeines Ungleichgewicht, das meine erste Person für Gesellschaftsspiele untauglich macht. Jeden Tag und manchmal sogar mehrmals pro Stunde falle ich aus großer Höhe, um gleich darauf aus der Tiefe wieder aufzusteigen, und diese häufigen Höhen- und notwendigerweise Stimmungsschwankungen vertreiben die Menschen um mich her. Die Einsamkeit ist mein Nährboden, ich liebe und ich hasse sie. Bald beschützt sie mich, bald erstickt sie mich, und die Wärme, die sie mir manchmal schenkt, ist keine menschliche, vielmehr die einer Höhle, die ja im Grunde nur die Wärme des Tieres reflektiert, das sich in sie hineinkuschelt. Die Einsamkeit ist ein Mantel, den man an einem Wintermorgen überzieht und der einem zur zweiten Haut wird. Wenn man ihn schließlich wieder ausziehen will, weil es Frühling wird und man sich gerne in einen zarteren Stoff kleiden würde, ist es zu spät: der Mantel ist ein lebenswichtiges Organ geworden, ohne das man keine Luft mehr bekommt. Bleibt nur noch, sich mit dem rauen Material abzufinden, in das man sich unvorsichtigerweise eingehüllt hat, und seine Mitmenschen vor den unsichtbaren Stacheldrahtzäunen zu warnen, die einen umgeben und auf die sie nicht unbedingt vorbereitet sind.

Nachts nimmt die Einsamkeit ein anderes Gesicht an. Natürlich war sie tagsüber auch schon da, und am Vortag auch schon und am Tag zuvor, aber es gefiel ihr, auf Diskretion zu setzen und nie belastend oder aufdringlich zu wirken, jedenfalls sowenig wie möglich, während sie nachts jegliche Skrupel verliert und sich in ihrer ganzen Größe zeigt. Über dem Einsamen und um ihn herum erstreckt sich dann ein riesiger verlassener Kontinent, jeder Gegenstand im Raum trägt plötzlich den Stempel der Einsamkeit und erstarrt, als würde er sich mit einmal seiner Isolierung bewußt, die vielleicht noch größer ist als unsere eigene, weil sie jener Illusion einer Fluchtmöglichkeit entbehrt, welche die Bewegung verschafft.

Die Bewegung schenkt den Geschöpfen, die zu ihr befähigt sind, noch eine andere Illusion: die der Gesellschaft, einer Gesellschaft gar, die sie sich selbst aussuchen können, was sie nutzen, um schüchternen oder festen Schrittes auf ein anderes bewegungsfähiges Lebewesen meistens entgegengesetzten Geschlechts zuzugehen, um sich an ihm zu reiben und so das Gesetz zu veranschaulichen, dem zufolge Reibung Wärme erzeugt, während der anorganische Teil der Schöpfung reglos vor sich hin existiert, bar jeglicher Kenntnis seiner selbst und der wissenschaftlichen Gesetze, denen er doch im gleichen Maße unterworfen ist wie wir, unfähig zur geringsten Herzensregung, unempfindlich für seine extreme Einsamkeit, von der Welt abgeschnitten und beschützt durch einen Panzer von Stille und Gleichgültigkeit. Die Reglosigkeit ist eine Stärke. Wahrscheinlich ist das der Grund, warum alle Weisen dieser Welt gerne zu ausgedehnter Meditation erstarren und sich in einen mineralischen oder zumindest anorganischen Zustand zu versetzen versuchen, warum sie jede physische Bewegung meiden, die ja ohnehin angesichts der geringen Bewegungsfreiheit des Menschen lächerlich erscheinen muß. Jeder Fels, jeder Teddybär hat größere Chancen, die Weisheit zu erlangen als der Mensch, der ja ständig von seinen Beinen gedrängt wird, zu laufen oder zu tanzen, dessen Lungen unablässig aufgeblasen werden wollen und dessen Lider sich weigern, länger als ein paar Stunden geschlossen zu bleiben. Die Weisheit ist eindeutig aufseiten der Bewegungslosigkeit. Nie würde ein Kiesel das Bedürfnis verspüren, das Gesetz zu veranschaulichen, demzufolge Reibung Wärme erzeugt. Wir stehlen dem Feuerstein Funken, die er nicht braucht.

Diese allgemeinen Betrachtungen nutzend, hat sich die erste Person wieder einmal aus dem Staub gemacht — jedenfalls dem Anschein nach. Denn wenn man Herrn Settembrini, seines Zeichens dritte Person — und nicht irgendeine dritte Person: dieser Herr kann sich brüsten, seine dritte Person auf dem Zauberberg spazieren zu führen —, wenn man also Herrn Settembrini Glauben schenkt, so sagt uns jeder zu einem allgemeinen Thema geäußerte Gedanke ebenso viel, wenn nicht mehr, über seinen Urheber als alle Beichten und von Aufrichtigkeit triefenden Bekenntnisse, die er sonst noch von sich gibt.

Die erste Person, der Herr Settembrini seine Existenz verdankt, Thomas Mann, versteckt sich hinter einem Plural, einer stilistischen Konvention zufolge, nach der ein Autor niemals »ich«, sondern »wir« sagt, als werde er in seiner Argumentation unterstützt von einem einmütigen, sich einer kollektiven

Feder bedienenden Schriftstellergremium. Der Autor, sei es in der Hoffnung, seiner schwachen Stimme mehr Kraft zu geben oder in der Anonymität zu verschwinden, spricht im Chor. Derart vervielfältigt hat er natürlich die Oberhand; man stelle sich aber vor, alle grammatischen Personen würden es der ersten nachtun und sich im Plural verlieren wie der Mörder in der Menschenmenge!

Im täglichen Leben bin ich ein zum Singular verurteiltes Wesen, das es nicht lassen kann, die elementarste aller Pluralformen, also die binäre, anzustreben. Zur gleichen Zeit sind andere Individuen derselben Art auf der Suche nach einem Plural. Manche kaufen sich einen Plural, der eine Viertelstunde dauert oder zwanzig Minuten. Andere suchen menschliche Nähe in Stadien und Festsälen. Wieder andere machen sich Illusionen, die ihnen Gesellschaft leisten. Zahlreich sind diejenigen, die ihren Pluralbegriff auf andere Arten ausdehnen und mit Tieren zusammenziehen. Manche sprechen zu ihren Seelen, als seien es Haustiere. Im Grunde fallen sie alle von einem provisorischen oder illusorischen Plural in den nächsten und sterben schließlich in der Einzahl.

Im nächtlichen Leben empfange ich in meinem tief im Wald verborgenen Baumhaus einige auserlesene Pluralerscheinungen: schöne und liebenswürdige Männer mit langen, schlanken, ihrer Beweglichkeit und Muskelkraft wegen an Affenschwänze erinnernden Genitalien, an denen sie von hohen Ästen herunterhängen; Karyatiden, die mich moralisch und körperlich unterstützen; Nymphenmänner mit menschlichem Unterkörper, die über der Gürtellinie Fisch sind; Götter, die vom Himmel fallen wie zu reife Birnen; Kasuare, die ihren Helm lüften, wenn sie mir begegnen, und ihren kahlen Kopf tief vor mir neigen; Propheten, denen es die Sprache verschlagen hat, aber wer auf ihren stummen Lippen zu lesen versteht, für den ist die Erde eine Blutorange, die man in der Hand wiegt, bevor man sie genüsslich Halbmond für Halbmond verzehrt; auf der Schwelle meines Baumhauses treffen sich meine früheren und zukünftigen Liebhaber, ich verteile Äpfel, die sie sich vorsichtig auf den Kopf legen, dann greife ich zu meiner Armbrust und empfehle mich. Nicht weit entfernt steht Victor Hugo, in Begleitung des Weinenden. Der große Dichter stellt ihn mir vor: »Dies ist dein Zwillingsbruder, kleine Herumtreiberin.« Ganze Igelfamilien ziehen vorüber, die vertrauensvoll alle Stacheln angelegt haben, und ich verspreche ihnen, sie in meine Gebete mit einzubeziehen. Dann steige ich auf ein Seepferdchen und mache mich schnell auf den Weg nach Texas, wo ich eine Cowboyzucht besichtigen soll. Tausende von Zuchtcowboys knien vor einem genmanipulierten Hot-God. Wo bist du? ruft eine Stimme in der Dunkelheit. Da merke ich, daß ich an den verschiedensten Orten bin und niemanden brauche, um mich in den Plural zu setzen und auf der Erdkugel oder im schwarzen Zylinder meines Geistes zu verstreuen.

Ab einer gewissen Tiefe kann ein Taucher oben und unten nicht mehr unterscheiden: in der kühlen Dunkelheit, die ihn umgibt, wölben sich die Meeresgründe zu einem neuen Himmel. Wie weit bin ich nun in meinem Abstieg zu den unerforschten Grüften des Geistes? Wo ist oben, wo ist unten? Unten ist, wo die Sonne nur noch ein Gerücht ist. Manchmal denke ich, ich müßte schon dort sein, so kalt ist es um mich her, in der schwarzen und geräuschlosen Nacht strecken mir die Schiffbrüchigen ihre Hände entgegen, stumm rufen sie mich und fordern mich auf, mich zu ihnen zu gesellen und an ihren obszönen und makabren Spielen teilzuhaben, aber ich muß das Ziel verfolgen, das ich mir gesetzt habe, wenn man sich denn ein unbekanntes Ziel setzen kann, und tatsächlich spüre ich, wie ich ihm manchmal näher komme. Schon erblicke ich in der Ferne ein schwaches Licht, und wie ein Katamaran die Fluten teilend schieße ich darauf zu. Das Geheimnis hat blaue Augen, und je länger ich sie anstarre, umso mehr zerfließen sie zum Blau des Meeres. Vor dem Gelächter der Schiffbrüchigen fliehe ich in das Wrack der Zukunft.

Wo ist oben, wo ist unten? Unten ist überall, wohin ich mich fürchte zu gehen, wo ich im Schlamm versinke, wo das Aquarium nicht mehr mit Sauerstoff versorgt wird, wo das Spiel aufhört.

Ich wische das Geschirr ab und räume es in den Schrank, ich kaufe ein im Supermarkt, esse Brot mit Aprikosenmarmelade, steige auf einen Berg und betrachte die Landschaft, ich sitze vor dem Fernseher und weiß, daß ich sterben muß. Im Augenblick meines Todes werde ich fast nichts gedacht oder getan haben von dem, was zu denken oder zu tun ich imstande gewesen wäre, Gedanken oder Taten, die mich reizten, andere, die mich nicht reizten; die mich reizten, hätten sich als Enttäuschung erwiesen, und die mich nicht reizten, hätten eine gute Überraschung bereithalten können, aber ich werde nichts davon gedacht oder getan haben, weil ich anderweitig beschäftigt gewesen sein werde und weil es auf dasselbe hinausgelaufen wäre, wenn ich beschlossen hätte, meine Zeit anders zu verwenden, aus diesem oder aus einem anderen Grund werde ich sie nicht anders verwendet haben, und für Millionen ungedachter Gedanken wird mein Schädel zum Grab werden.

Natürlich ist diese Verschwendung, oder, wenn man so will, dieser erfreuliche Verlust, mit sechs Milliarden zu multiplizieren – wenn man sich damit begnügt, nur die ungedachten Gedanken der jetzigen Erdbewohner mit einzuberechnen –, und ich weiß sehr gut, daß meine eigenen ungedachten Gedanken angesichts einer unausgenutzten geistigen Aktivität dieser Ausmaße nicht schwer wiegen, aber mit einer großen Anzahl Fremder dasselbe Los zu teilen war noch nie für irgendjemand ein Trost.

Mein Schicksal wäre tragisch, wenn es nur meines wäre. Da es aber jedermanns Schicksal ist, kann es höchstens als traurig gelten. Es gesteht mir Leid zu, sogar großes Leid, wenn die Umstände und meine Veranlagung es begünstigen, aber es verweigert mir jede tragische Größe. Die Tragödie ist individuell; wie könnte sie die ganze Menschheit betreffen?

Der »tragische Tod«, von dem die Zeitungen sprechen, meint Autounfälle und Flugzeugabstürze, Ertrinken und Blitzeinschlag. Wenn es die Regel wäre, zu ertrinken oder die Gurgel durchgeschnitten zu bekommen, würden die Nachrufe die Todesursache nicht einmal erwähnen.

Unser Leiden wird geduldet, unser Schmerz toleriert, nur sollen wir uns deswegen noch nicht als Helden aufspielen. Still und widerspruchslos sollen wir verschwinden, das ist das einzige, was man von uns erwartet, besser gesagt erwartet niemand etwas von uns: das ist die einzige Wahl, die man uns läßt. Für alle dasselbe Dessert.

Mit Milliarden von Lebewesen dasselbe Schicksal zu teilen ist eine Demütigung, die ihrerseits eine Chance hätte, tragisch zu sein, wenn nicht auch sie unser aller Los wäre. Soweit man die Lebensspirale auch aufrollt, immer liegt man in denselben Kurven wie die restliche Menschheit. Hier kommen alle vorbei, und du möchtest ausweichen? Der Weg der Auflehnung ist abgeschnitten. Wie könnte man, ohne lächerlich zu sein und Mitleid zu erregen, sich weigern, den Kopf bereitwillig in die Schlinge zu legen und ein persönlicheres, milderes, zumindest aber anderes Schicksal zu verlangen? Nun pfeift aber dieses Buch darauf, lächerlich oder bemitleidenswert zu erscheinen, es hat nur Verachtung übrig für hingehaltene Hälse und gesenkte Blicke, das Einwilligen und Resignieren sind seine Sache nicht, es hat noch so manchen Schrei auf Lager, Tränen der Wut, die nicht versiegen, Erdbeben Unwetter Lawinen genug für eine gewaltige Klimaveränderung. Schon immer dient das Geschriebene dazu, einen letzten Schrei auszustoßen, so furchtbar, daß er nicht mit dem Schreibenden verschlungen zu werden droht, einen stummen Protestschrei, dessen Echo wenn schon nicht den Himmel, so doch die Trommelfelle der Erdbewohner durchdringen soll, damit sie endlich aus ihrer geistigen Betäubung erwachen, sich aufrichten und dem unterwürfigen Warten auf den Schlachttag ein Ende setzen. Ändern können wir natürlich nichts an unserem gemeinsamen Los – ist das ein Grund, zu verstummen und brav alle Anstandsregeln zu befolgen, die wir uns auferlegt haben, um in Ruhe das Häppchen Leben verzehren zu können, das man uns zugesteht, ist das ein Grund, nicht zum Aufstand aufzurufen, diesen Jemand, dieses Nichts, diese Abwesenheit, die uns ihren mörderischen Willen aufzwingt, nicht zu schmähen, ist das ein Grund, nicht zu schreien?

Ich schreie. Ich schreie ohne Unterlaß. Wenn niemand meine Schreie je gehört hat, so liegt das vielleicht daran, daß jeder nur sein eigenes Gebrüll wahrnimmt, das den Raum füllt und alle anderen Stimmen übertönt. Wahrscheinlicher ist aber, daß die Menschheit nicht schreit. Dies ist eines der Rätsel des Lebens: es gibt keinen Grund, nicht zu schreien, und dennoch schreit niemand.

Ein erstickter Hilferuf, der halb im Rachen steckenbleibt, viel Jammern und Klagen über das zu kurze Leben und den zu langen Tod, viel Selbstmitleid: ist das womöglich alles, was sich im Inneren eines Menschen verbirgt?

Nein, das ist noch längst nicht alles. Unter meinen Füßen, über meinem Kopf und rings um mich herum entrollt sich ein nie gesehener Sternenhimmel, und während dieser Himmel entflieht, entstehen andere, die von dem ersten, dessen Platz sie einnehmen, nichts wissen, und diese neuen Himmel eilen ihrerseits einem Woanders entgegen, wo sie in ihrem Element sind, die Monde schlagen die Spitze ihrer Sichel in das schwarze Fleisch des Firmaments, die Sonnen werfen sich in die Brust und klimpern mit ihren Goldstücken, die verschiedenen Schichten der Atmosphäre tun ihr Bestes, um eine Struktur in das Unsichtbare zu bringen und ihm eine Konsistenz zu geben, die Meteoriten leben ihr Leuchtkäferleben und kehren alsdann in die Anonymität zurück. Durch meine erweiterten Pupillen gleitet das Universum in mich hinein, ich trinke die Milchstraße wie ein großes Glas Vollmilch, meine Sehnerven dienen den Gestirnen und Satelliten als Rutsche, sie finden in mir einen Raum, der mit dem Weltraum rivalisieren kann, und tatsächlich ziehen sie hinter den verschlossenen Türen meines Geistes gelassen weiter ihre Bahnen, mit ihrer Miniaturisierung und Reproduktion in den Gehirnen von sechs Milliarden menschlicher Wesen sind sie offenbar vertraut, sechs Milliarden kleine Milchpfade, Sternenbaldachine und Mondperlen, im Zeitalter seiner Reproduzierbarkeit verliert das Universum an Originalität und droht gar zu verschwinden, unter seinen eigenen Repliken begraben zu werden, die in unseren Köpfen wuchern und schließlich mit ihnen untergehen, Milliarden von Sternschnuppen, die nacheinander erlöschen, während andere Welten aus der Dunkelheit aufsteigen und flüchtig andere Schädelgewölbe erleuchten.

Mein Kopf ist ein kompakter, aus einer geheimnisvollen Bahn geratener Planet, zu dem mein Körper eine lächerlich disproportionierte Protuberanz darstellt, die den Kontakt anderer, in Form und Größe leicht abweichender Protuberanzen sucht. Dieses auch als körperliche Liebe bekannte Phänomen der Annäherung und Verkeilung der Körper hat seine Nützlichkeit auf der Stufe der Menschheit, zu deren Erhaltung und regelmäßiger Erneuerung es dient, auf meiner individuellen Stufe aber entbehrt es jeder Notwendigkeit, denn die Menschheit pflanzt sich auch ohne mein Zutun fort, und zwar in unvernünftig hohem Maße. Nun ist die Natur aber weit davon entfernt, mich als Individuum zu sehen, sie behandelt mich im Gegenteil, als sei ich die gesamte, in ihrer Entwicklung begriffene Menschheit, und injiziert mir ein Verlangen, das — anders als der Hunger, zum Beispiel, der natürlich für die Erhaltung der Art, aber auch für die des Individuums von Bedeutung ist — von keinerlei Nutzen für mich ist. Meine Instinkte, ein Ziel verfolgend, das weit über mich hinausreicht, führen in mir das Leben von wilden Tieren, von Schmarotzern, die spätestens in der Pubertät von mir Besitz ergriffen haben und diese strategische Position vermutlich erst bei meinem Tod aufzugeben bereit sind. Ich bin verantwortlich für die Erhaltung des menschlichen Geschlechts; ich frage mich, warum man mich nicht beauftragt hat, die Erde um die Sonne zu drehen.

Die Verwendung meines Körpers zu Zwecken, die

mich nichts angehen, bereitet mir unter gewissen Umständen Vergnügen – eine Art Entschädigung, die mir die Natur zugesteht dafür, daß sie mich zu ihren Zwecken mißbraucht. Man kann auch sagen: ich bemühe mich, aus meiner Lage, an der ich ohnehin nichts ändern kann, das Beste zu machen, also der Paarung einen Reiz abzugewinnen. Das ist so schwierig nicht. Besser, das *wäre* so schwierig nicht, wenn die Natur nicht boshafterweise die Lust mit den Gefühlen gekoppelt hätte.

Ich paare mich mit oder ohne Gefühl, wobei die Lust nicht die gleiche ist. Ich paare mich im Dunkeln, im elektrischen Licht und in der Dämmerung, in Hotel- und Gästezimmern, in Betten, auf dem Boden und auf stacheligem Gras, am Strand, im Zug und unter Wasser. Auf dem Fernseh- oder Kinobildschirm sehe ich Leute, die sich genauso paaren wie ich, nur daß sie es nicht wirklich tun und für diese Imitation bezahlt werden. Wenn es gute Schauspieler sind, scheinen sie ungefähr dieselbe Lust zu empfinden wie ich.

Als große Hormonkonsumentin bin ich eine Enttäuschung für die Natur. Ich weigere mich, Ersatz für mich zu schaffen. Die Natur nimmt ihre Rolle als Übermutter sehr ernst und gibt sich alle Mühe, mich auf den richtigen Weg – den der Mutterschaft – zu führen, indem sie mir eine hohe Dosis des dazugehörigen Instinkts verpaßt und geschickt Menschenjungen in meinem Blickfeld verteilt. Natürlich falle ich auf diese Tricks nicht herein; hartnäckig sperre ich jegliche Nachkommenschaft aus. Tatsächlich sind die Manöver der Natur mitunter derart plump, daß man schon sehr naiv sein muß, um ihr auf den Leim zu gehen. Worauf sie aus ist, kann niemandem entgehen, aber warum liegt ihr so viel an unserem kollektiven Überleben? Wozu soll diese ständige Reproduktion gut sein? Die Produktion, ja, das kann man noch verstehen, aber die Reproduktion? Und die Liebe? Ist das vielleicht ein natürliches Phänomen? Jedenfalls ist es ein vollkommen unnützes, und wir würden gerne ohne sie auskommen können, übrigens kommen ja auch viele von uns ohne sie aus, sie haben gar keine andere Wahl, als ohne sie auszukommen, und sie sind unglücklich dabei, todunglücklich zu sein erscheint ihnen erholsam im Vergleich zu liebesunglücklich, vereist bis ins Mark und mit bleiernen Lidern stehen sie da, unter jedem Auge einen Sack voller Tränen, bereit für einen Aufbruch, zu dem es nicht läuten will. Dabei hätte der Fortpflanzungsinstinkt genügt, um die Art zu erhalten, die es offenbar um jeden Preis zu erhalten gilt. Der Liebe bedurfte es dazu nicht. Lieben sich die Erdwürmer? Die Gemsen? Die Dohlen? Auf Knien flehen die Großen dieser Welt um den Schatten einer zärtlichen Berührung, um einen sanften Blick, ein liebevolles Wort. Statt unnütz zu leiden, will ich rechtzeitig scheiden, sagen die einen, und sie heben ihr eigenes Grab aus und springen hinein. Die anderen ziehen freudlos durch die Straßen der Stadt, ein Lächeln an ihre trockenen Lippen geschraubt spuken sie durch die leeren Gassen und grüßen unsichtbare Bekannte, jeden Abend nach dem Essen ziehen sie sich einen gewachsten Seidenfaden durch die Zähne, und in ihren schlaflosen Nächten reden sie sich ein, daß sich mit ein wenig Geduld und Beharrlichkeit schon alles einrenken wird, und in der Tat renkt sich alles ein, mit ein wenig Geduld und Beharrlichkeit renkt sich immer alles früher oder später ein.

Ich denke an die Toten in ihren Urnen, in ihren lehmigen und feuchten Gräbern, ich denke an die Toten, die auf dem Grund der Meere und Seen ruhen, an jene, die von Bomben, Minen und anderen Explosionen zerfetzt wurden und deren Glieder auf der Erdoberfläche verstreut sind, ich denke an die Vergasten und Gefolterten, deren verrenkte Skelette mir ihre hohlen Schädel und leeren Augenhöhlen zukehren, und ich sehe wohl, daß es keinen Grund zur Beunruhigung gibt, daß sich auch für mich alles einrenken wird, wie es sich für sie eingerenkt hat, der Mangel an Liebe mündet in einen Mangel an Leben, der seinerseits ins Unbekannte mündet, aber was ist das Unbekannte für einen Toten, verwischen sich nicht die Grenzen zwischen Bekanntem und Unbekanntem jenseits des Bewußtseins, wahrscheinlich werden diese Kategorien unbrauchbar bei den Toten, wenn sie sich nicht einfach umkehren, das Unbekannte wird bekannt, das Häßliche schön, das Stumpfe glänzend, der Tod wandelt sich in Leben, der Schatten in Licht und so fort. In diesem Fall werden wir uns lieben, wenn wir erst einmal tot sind.

Die Liebe ist ein Holzscheit, der entweder mit viel Rauch und Wärmeverlust verbrennt oder einen erschlägt, bevor das Feuer richtig auflodern kann. Sie ist Gesetzen unterworfen, deren primitive Schlichtheit nicht viel Raum für Überraschungen läßt, wobei die Kenntnis dieser elementaren Mechanismen den Opfern von keinerlei Nutzen ist in ihrem pathetischen Kampf gegen die allmächtige Leidenschaft. Jeder Verliebte wohnt in einer tristen Zelle, verurteilt zu Isolationshaft: die Außenwelt existiert nicht mehr und hat auch nie existiert, so daß die Geräusche den Gefangenen nur in Form eines fernen Getöses erreichen und er lediglich ein paar wenige Bilder wahrnimmt, immer die gleichen. In seinem geschwächten, von Hoffnungsblitzen durchzogenen Hirn wetteifern Angst und Schmerz.

Natürlich gibt es andere Arten der Liebe, die den Körper verschonen und sich dem übermächtigen Verlangen, seinen Abgründen und seiner Gewalt entziehen – der Angst jedoch entziehe ich mich nicht. Der Angst, verlassen und vergessen zu werden, der nur allzu gerechtfertigten Angst, der Andere könne leiden oder sterben, was auch unfehlbar eintrifft, wobei, falls ich das Glück habe, früher zu leiden und zu sterben, der andere natürlich trotzdem leidet und stirbt, und da ich ihn nicht mehr trösten und beweinen kann, läuft er Gefahr, doppelt zu leiden und vielleicht sogar doppelt zu sterben.

Von dem Punkt aus, wo ich mittlerweile stehe, eingeklemmt irgendwo inmitten meiner selbst, sehe ich deutlich am Grund des engen Zylinders einen Teppich aus Ängsten verschiedenster Art, dessen enge Maschen sich an die Struktur meines Geistes angepaßt haben. Auf diesem Fundament bin ich also errichtet. Je höher man steigt, umso solider sind die Materialien, das Gerüst ist stabil, das Dach aus Schiefer, so daß das Ganze von außen den Eindruck eines wetterfesten und in gutem Zustand befindlichen Gehöfts erweckt, stünde das Haus nicht auf sumpfigem Boden, im Zentrum einer von Erdbeben heimgesuchten Gegend, von denen ein einziges, leichtes genügen kann, um das Gehöft zum Einsturz zu bringen. Der Keller steht schon seit Jahren unter Wasser und fault langsam vor sich hin; durch die porösen Mauern zieht die Feuchtigkeit langsam nach oben.

Einer weitverbreiteten Meinung zufolge verjagt die Liebe die Angst; der Liebende braucht vor nichts mehr Angst zu haben. In Wahrheit geschieht das Gegenteil. Wer liebt, hat tausendmal mehr Gründe, Angst zu haben, wie ja auch ein Mann, der einen

Schatz besitzt, eher fürchten muß, beraubt zu werden, als ein armer Teufel, der kaum genug zu essen hat. Das einzige, wovor wir im Grunde keine Angst haben müßten, ist der Tod, der ja aller Wahrscheinlichkeit nach zusammenfällt mit dem Erlöschen des Bewußtseins und folglich des Leidens und der Angst. Natürlich verschwinden im gleichen Zuge die angenehmen Seiten des Lebens, aber dieser Verlust wiegt nicht schwer, da wir ihn ja, wenn er eintrifft, nicht als solchen empfinden; das jedenfalls möchte die Wissenschaft uns glauben machen. Und tatsächlich konzentriert sich unsere Angst auch mehr auf Alter und Krankheit als auf deren Ausgang. Der Tod erwartet uns in unserem eigenen Inneren in Form unseres Skeletts. Wenn wir zur Welt kommen, tragen wir unsere zukünftige Erscheinung im Grabe schon in uns. Indem sie uns füttern und verhätscheln, ziehen unsere Mütter dieses traurige Wrack in uns groß, bis wir dann im Alter von sechzehn oder siebzehn Jahren einen ausgewachsenen Toten beherbergen, der geduldig seiner Stunde harrt und den Vorhang unseres verfaulten Fleisches erst beiseite schiebt, wenn sein Tag gekommen ist. In der Zwischenzeit können wir uns täglich seiner Existenz vergewissern, indem wir uns die langen spitzen Knochen unserer Arme und Beine, unserer Rippen oder unseres Schlüsselbeins entlang tasten. Wenn man es sich recht überlegt, beherbergt unser Körper eine Art integrierte und mobile Vanitas, die uns täglich ihre Lehre aufzwängt.

In Fötus-Haltung, mit eingezogenem Kopf, spaziere ich durch die Stadt und trotze den Gefahren, die an jeder Straßenecke auf mich lauern, den Gruben, die man mir zu Tausenden gräbt, den Killern, die man an meine Fersen heftet. Die Augen behalte ich verriegelt, meine vorgereckten Fäuste erbleichen an den Gelenken, wo die Haut sich spannt, und bilden natürliche amerikanische Fäuste, bereit, skeptische Augenbrauenbögen zu spalten und unverschämte Kiefer zu zermalmen, wenn es sein muß. Während mein ganzes Wesen sich zusammenzieht, bis es nur noch ein einziger schmerzhafter Krampf ist, steigt die Armee der Eindringlinge aus ihren gut getarnten Schützengräben und bläst zum Angriff. Bewegungslos, bis auf das leichte Zittern meiner gespannten Muskeln und Gedanken, pariere ich und schnurre noch mehr zusammen. Von einem gewissen Grad Intensität an, wenn die Materie ihnen zu eng wird, vergeistigen sich materielle Phänomene. Bald bin ich nur mehr eine Abstraktion. Die Idee des Krampfes und der Kontraktion hat in mir ihre ideale Gestalt gefunden. Ich hüte mich davor, mich der Einfachheit halber in eine Göttin der Angst zurückzuverkörpern, mit hübschen Attributen wie: ein Herz aus Stahlbeton, ein Geschlecht mit dreifachem Riegel, ein mit Anti-Abhörsystem ausgestattetes Gehirn. Bleiben wir zunächst einmal eine Idee. Führen wir für einige Zeit das durchsichtige Leben der Abstraktionen, bevölkern wir die Geister, statt die Straßen zu verstopfen, magern wir ab, magern wir ab.

Ich habe Angst vor dem Fliegen, ich habe Angst vor dem Autofahren, ich habe Angst vor meinen Füßen und vor meinem Hirn, sie führen mich hin, wo ich nicht hin will, ich habe Angst zu fallen, ich habe Angst zu steigen, ich habe Angst vor Gott und vor seiner Abwesenheit, ich habe Angst zu schreiben, schlecht zu schreiben, gut zu schreiben, nicht zu wissen, was ich schreiben soll, nicht genug zu schreiben, zu viel zu schreiben, Angst, inmitten eines Satzes zu sterben, Angst, um den heißen Brei herum zu schreiben, Angst, den heißen Brei einmal auslöffeln zu müssen, Angst vor Kälte, Angst vor Feuer, Angst vor dem Dunkel und vor dem hellichten Tag, Angst, keinen Ort zu haben, wohin ich gehen könnte, Angst, nirgendwohin gehen zu wollen, Angst, nicht zu verstehen, Angst, daß es nichts zu verstehen gibt, Angst, meinen eingebildeten Krankheiten zu erliegen, Angst, von dem Baum der Unwissenheit gegessen zu haben, Angst, den Mann mit dessen Früchten gefüttert zu haben, Angst, vergessen zu haben, warum ich gekommen bin, Angst, nicht eingeladen zu sein, Angst, für die anderen Gäste unsichtbar zu sein, Angst, nicht ihre Sprache zu sprechen, Angst, gar keine Sprache zu sprechen, Angst, meine Zunge dreimal im Mund zu drehen und schließlich zu schweigen, Angst, einen Gedanken vor den anderen zu setzen und ins Unbekannte vorzudringen, Angst, mein Schädel könnte implodieren, Angst, der Himmel könnte in meine aufgerissenen Augen stürzen, der Sturm könnte sich dauerhaft in meinen Ohren niederlassen, Angst, die Nacht könnte zu schnell hereinbrechen, die Stunde zu schnell schlagen, Angst vor der Angst, vor nichts.

Auf der Tastatur meines Computers zeigen zwei winzige Erhebungen auf den Buchstaben »d« und »k« dem blind Schreibenden, wo er seine Mittelfinger hinzusetzen hat. So wie ein Sprinter seine Füße in die starting blocks setzt, bis das Start-Signal ertönt, so muß der Schreibende sich zunächst einmal in die richtige Stellung bringen, an der Spitze seiner Mittelfinger die Buchstaben »d« und »k« spüren, dieses leise Kitzeln, dem man gehorchen muß, wenn man nicht *uvg kurnr fuvg* schreiben will. Mehr jedoch als an daktylographischen Anhaltspunkten fehlt es mir an Markierungen für meine Gedanken, Kreisen mit einem weißen Kreuz in der Mitte, vielleicht, wie auf Hubschrauberlandeplätzen; ich wüßte gerne die Ausgangsposition, aus der heraus es sich am besten losdenken läßt, die Position, in der ich alle Bedenken und alles Zögern hinter mir lassen könnte, die Mittelfinger säßen auf den wesentlichen Buchstaben und ich könnte den Blick auf das ferne, unbekannte Ziel richten.

Statt dessen irre ich durch meine Geiströhre ohne jeglichen Anhaltspunkt, bis ich plötzlich in einem Wald aus tausendjährigen Penissen stehe, von denen einige eine Höhe von mehreren hundert Metern erreicht haben, so daß die Eicheln für einen Spaziergänger ohne Fernglas fast schon nicht mehr zu sehen sind. Die Hoden stecken in der Erde; manche schauen wie schlecht eingegrabene Tulpenzwiebeln halb aus dem Boden heraus und bilden behaarte Kissen, die einem nicht kitzligen Riesen als Kopfkissen dienen könnten, oder sich langweilenden Kindern als Trampolin, wenn auch mit ausgeleierten Federn. Zwischen die Stämme der aufgerichteten Geschlechter schiebt die Sonne ihre staubigen Strahlen. Die Luft ist mild, das Wetter klar; die Penisse schwanken leicht, und wenn sich ihre Kronen sachte berühren, ist ein Stöhnen zu hören, dessen Echo von Tal zu Tal schwingt. Ich bin völlig im Einklang mit der Natur. Die länglichen Krater der Scheiden umgehend, die sich, dunkel wie Seen bei Regenwetter, bald zu meiner Linken, bald zu meiner Rechten auftun, dringe ich weiter in den Wald vor, ohne eine Sekunde an den Rückweg zu denken, und tatsächlich weiß ich nach einigen Stunden des träumerischen und glückseligen Spazierens nicht mehr im geringsten, wo ich bin, noch warum ich da bin, wo ich bin, noch warum ich nicht da sein sollte. Ich setze mich an den Rand einer nahe gelegenen Scheide und überlege. Bald bricht die Nacht herein und erschlägt mich. Mich wieder aufrichtend stelle ich fest, daß ich um dreihundert Meter gewachsen bin, während die Penisse, nicht größer als Pilze, zu meinen Füßen wuchern und ich aufpassen muß, wo ich den Fuß hinsetze, um keinen zu zertreten. Die Erde ist durchlöchert von lauter kleinen Scheiden, die umso geschwätziger sind, als sie doppelte Münder haben, wobei die großen Schamlippen meistens den kleinen widersprechen und umgekehrt. Vom Boden steigt das ferne Gemurmel des weiblichen Gezeters zu mir empor: es scheint, als reiße man sich in jenen faltigen, stolz ihre Geheimnisse hütenden Niederungen von früh bis spät gegenseitig die Schamhaare aus. Ich pflücke hübsche Waldpenissträuche und stopfe mir die Taschen damit voll. Und nun, was tun? In welche Gegend soll ich ziehen? Die Geschlechtsteile haben keinerlei Geheimnis mehr für mich, kaum, daß sie noch ein Geschlecht haben, sie sind eine Sorte Gemüse unter vielen anderen zum Verzehr geeigneten Pflanzen. Die einen finden sie schmackhaft. Die anderen giftig. Das mit ihnen zubereitete Gericht ist jedenfalls traditionell.

Ich halte mich nicht länger auf im Land der Penisse und der Scheiden. Ich habe gesehen, was es zu sehen gab, ich habe mir geholt, was es zu holen gab (einen

Schnupfen). Die Geschlechtsteile schauen alle in dieselbe Richtung. Daß sie sich auf diese Weise jemals von Angesicht zu Angesicht sehen, steht nicht zu erwarten. Die Geschlechtsteile können sich ihre Einsamkeit nicht erklären, die daher rührt, daß sie es nicht lassen können, nach dem Himmel zu streben. Was gibt es Pathetischeres als diese bald schlaffen, bald aufgeblasenen Stücke Fleisch, die sich ein glorreiches Schicksal ersehnen, diese großartigen Träumen nachhängenden Hülsenfrüchte, diese ausgehungerten kleinen Tiere, die sich wie Götter aufspielen? Ich drehe diesem unglückseligen Land, das mir auf den ersten Blick so lieblich und gastfreundlich erschienen war, den Rücken zu und schwinge mich auf zu neuen Tiefen – merke aber augenblicklich, daß mir die gesamte Penisarmee auf den Fersen ist, steif wie preußische Paradesoldaten rennen sie hinter mir her, gefolgt von den Scheiden, die offenbar gewettet haben, daß sie sich nicht so schnell abhängen lassen werden. Bald haben sie mich eingeholt. Am Boden liegend, verteidige ich mich einen Moment lang gegen ihre bösartigen Attacken, doch sind sie in zu großer Überzahl, als daß an Kämpfen wirklich zu denken wäre. Von allen Seiten her stürzen die Penisse auf mich zu und verdreschen mich mitleidlos, während die Scheiden ihre zahnlosen, aber desto brutaleren Kiefer in meinen ihrer Bestialität hilflos ausgelieferten Körper schlagen. Ich sterbe, zerfetzt von einer Meute wild gewordener Geschlechtsteile.

Beim Erwachen bin ich mir selbst näher, als ich es je war. Es ist null Uhr null: mit dem linken Auge sehe ich mich auf die Welt kommen, mit dem rechten sehe ich mich sterben, in der Mitte meiner Stirn öffnet sich ein Auge, mit dem ich mich schreiben sehe.

Doch muß ich mich davor hüten zu glauben, ich sei allein auf der Welt. Andere besitzen wie ich an den Armen befestigte Hände und in Füße mündende Beine, die ihnen hauptsächlich als Fortbewegungsmittel dienen. Andere haben wie ich einen Frosch im Hals oder im Garten, und so könnte ich unbegrenzt fortfahren. Vor vielen Jahren gab man mir zu erkennen, zu welcher Art ich gehöre, und aus Bequemlichkeit gab ich vor, zu glauben, was man mir sagte. Seitdem wiederhole ich mir jeden Tag: »Ich bin ein Mensch, ich bin ein Mensch«, um es ja nicht zu vergessen und mir einzubilden, ich sei die einzige Vertreterin einer nicht erfaßten Art, wie mir das manchmal passiert, um ehrlich zu sein immer häufiger, seit ich allein in meinem Elfenbeinbrunnen hause und nur noch mit Personen verkehre, deren materielle Existenz nicht weiter nennenswert ist bzw. die jeglicher materieller Existenz entbehren: Personen, die ich in meine Höhle importiert oder frei (frei?) erfunden habe, die jedenfalls ihren Aufenthalt an jenem dunklen Ort mir zu verdanken haben. Manche denken nur daran zu fliehen, auf eigenen Füßen zu stehen und auf diesen Füßen so schnell wie möglich wegzulaufen, aber das kommt natürlich nicht in Frage. Die Widerspenstigen werfe ich meinem Unterbewußtsein zum Fraß hin; auf diese Weise kann ich ihnen ungestraft den Kopf ausreißen oder die Zähne einschlagen. In den unerreichbaren Gegenden meiner selbst herrscht tatsächlich die größte Verantwortungs- und Straflosigkeit. Mein inneres Reich ruht auf weiten Foltersälen. Während ich nach außen hin liebenswürdig lächle, werden meine bejammernswerten Opfer, deren Schreie und Seufzer niemandem je zu Ohren kommen, ausgepeitscht, geviertelt, bei lebendigem Leibe gehäutet. Manchmal gelingt es dem einen oder anderen, wieder an die Oberfläche zu gelangen, doch beschwert sich keiner, von mir mißhandelt worden zu sein. Beschwere ich mich vielleicht über die Schläge und Verletzungen, die mir ohne den geringsten Gewissensbiß und mit höchster Brutalität diejenigen zufügen, in deren Unterbewußtsein ich gefangen bin? Über die Vergewaltigungen, die ich erlitten, die Liebkosungen, die ich erduldet habe? Dabei gibt es nichts Grausameres als Zärtlichkeiten, die einem zuwider sind.

Gott ist ein Irrlicht oder ein Nagetier. Seine Kiefer zermalmen den Azur, bis der Himmel für alle Sterblichen ein gut verdauliches Nahrungsmittel ist. O Christengott! Ich vergebe dir, daß du mich so klein, so häßlich, so verwundbar geschaffen und mich bedenkenlos beschwert hast, ohne Rücksicht darauf, was meine Beine und mein Kopf in der Lage sind zu tragen, ich vergebe dir, daß du mich anlügst und mich seit Urzeiten glauben machen willst, du seiest der Herrscher über die einzige Schöpfung, die es je gegeben hat, ich vergebe dir, daß du mich nicht wie deine Tochter liebst, daß du mich behandelst wie ein menschliches Geschöpf unter Milliarden anderen, ich vergebe dir, daß du dich über mein Elend lustig machst und die Augen schließt vor deinem eigenen Leid. Ich vergebe dir, daß du nicht existierst. Was wirfst du mir vor?

Ich werfe dir vor, mein anonymes Wesen nicht zu respektieren, antwortet Gott, und meine kosmische Intimität zu stören, obgleich ich dir Augen gegeben habe, die nicht weiter als bis zu deiner Nasenspitze sehen können, oder einige Millimeter darüber hinaus. Ich werfe dir vor, den Himmel mit deinen astronomischen Fernrohren und Teleskopen zu sondieren und offenbar zu glauben, ich hätte das Universum einzig als Spielplatz für dich vorgesehen. Ich werfe dir deine Apathie und bodenlose Appetitlosigkeit vor, dein fades Wissen und deine leeren Kenntnisse, ich werfe dir vor, die Ewigkeit wiegen und in feine Scheiben schneiden zu wollen. Auf deinem karierten Papier gibst du lediglich wieder, was du siehst und mit Hilfe deiner jämmerlichen, ihre frechen und unsensiblen Spitzen nach allen Richtungen ausfahrenden Instrumente wahrnehmen kannst. Glaubst du vielleicht, auf diese Weise das Weltall umarmen zu können? Glaubst du so … mich umarmen zu können? Ich werfe dir vor, dich an mich zu klammern, nicht einen Moment ohne mich auskommen zu können, obwohl du sehr wohl weißt, daß es mich nicht gibt. Ich werfe dir dein Menschsein vor. Ich werfe dir vor, mich nicht zu verstehen. Ich werfe dir vor, mich in meiner Welt allein zu lassen.

Gott ist traurig. Er fühlt sich von den Menschen verlassen. Sein Leben hat keinen Sinn mehr. Manchmal, wenn die Melancholie zu sehr auf ihm lastet, denkt er daran, sich umzubringen. Neulich habe ich ein Mittel entdeckt, ihn zu trösten und, falls das Experiment glückt, ihn vielleicht sogar wieder aufzupäppeln: ich habe gelesen, daß man vor einigen Jahren pflanzliches Protoplasma, jene glibberige und durchsichtige Masse also, aus der die Zellen bestehen, in junge Mäusezellen eingespritzt hat. Das Protoplasma lebte einfach weiter, als sei nichts geschehen, ohne sich im geringsten darum zu kümmern, daß es sich nun nicht mehr in einer Pflanze, sondern in einem Tier befand. Daraus schloß man, daß alle lebendigen Systeme sich im Grunde ähneln, wenn auch gewisse Unterschiede bestehen, z.B. Tiere bewegen sich fort, Pflanzen nicht (oder nur in sehr eingeschränktem Maße). Die Menschen sind sich ihrer

Misere bewußt, die Tiere nicht (oder nur in sehr eingeschränktem Maße?). Wenn man diesen Gedanken weiterdenkt, könnte man dann nicht auch Gott in die große Familie der Lebewesen einbeziehen, damit er sich nicht mehr ganz so einsam fühlt? Natürlich, Gott ist unsterblich, die Menschen nicht, auch nicht in eingeschränktem Maße. Spritzte man ihm aber ein wenig menschliches Protoplasma ein – wer weiß, ob letzteres von dieser Umweltveränderung überhaupt etwas merken würde. Womöglich ist der Unterschied zwischen Gott und uns gar kein grundsätzlicher, sondern lediglich ein hierarchischer.

Meine Vorfahren beteten Jesus und die Jungfrau Maria an; andere, in ferneren Zeiten, glaubten an heidnische Gottheiten mit wildem, schreckenerregendem Antlitz. So tief ich auch die Antennen des Bewußtseins in mich versenke, ich finde nirgends eine Spur christlichen Glaubens. Ich ziehe die Antennen wieder ein; sie signalisieren den interessierten Neuronen: diese Frau ist ein Kind ihrer Zeit, sie hat alles Mißtrauen verinnerlicht, das ihr das Jahrhundert in die Wiege gelegt hat. Sie glaubt nur an das, was sie sieht, und sie sieht nichts.

Die Neuronen wissen nun, mit wem sie es zu tun haben. Das Neuron ist eine Art Rechenmaschine, die ihre Zeit damit verbringt, zweierlei Reize gegeneinander abzuwiegen. Die einen sind erregend, die anderen beruhigend. Das Neuron legt beide Reize in die Waagschale. Wenn die Erregung siegt, läßt es sich dazu breitschlagen, Signale auszusenden und seine Nachbarn zu alarmieren. Sonst bleibt es still.

Der Glaube funktioniert wie jede andere Hirntätigkeit mit elektrischem Strom. Beim modernen Menschen überwiegen in Religionsfragen die hemmenden Reize.

Gott ist an einem elektrischen Schlag gestorben. Ich stehe vor seinem Grab und sehe plötzlich einen Marienkäfer, der, wie ich Waise, aber sich seines verwaisten Zustands wahrscheinlich nicht bewußt, über die frische Erde krabbelt, und ich bin tief bewegt, zu sehen, wie er seine schwarzen Punkte auf dem roten Untergrund seines Leibes und auf dem ockerfarbenen der Erde spazieren führt sowie auf dem dunklen Bildschirm meiner Pupillen, für die der Marienkäfer ein Reiz wie jeder andere ist, und doch überkommt mich – nach Abschluß welcher Rechnung? nach welcher geheimnisvollen Addition oder Subtraktion der Reize? – beim Anblick des Marienkäfers ein Gefühl, das ich nicht anders als religiös nennen kann, und ich erzittere angesichts des »Wunders des Lebens«, wie es heißt, aber warum sollte es auch nicht so heißen, da es ja ein Wunder ist und alle Evolutionstheorien diesem Wunder nicht beikommen, ja, es im Grunde nur noch verstärken, und ich erzittere auch angesichts des Wunders des Bewußtseins, durch das das Wunder des Lebens erst für mich spürbar wird, und Gott mag noch so tot sein, ich lehne mich an seinen Grabstein und schließe die Augen und öffne sie wieder, die Welt ist noch da, der Marienkäfer ist davongeflogen, und von weit her dringt ein Gesang zu mir, den mein Gehirn elektrisch verstärkt. Gibt es Menschen, die diesen Gesang nicht hören? Gibt es Menschen, die so dumm oder intelligent oder taub sind, daß sie ihn nicht hören, die nie in Verzückung geraten, sei es nur ein einziges Mal in ihrem Leben, die sich noch nie gewundert haben?

Das Schreiben ist ein lautloses Sich-Wundern. Der Schreibende bedient sich dessen, was ihn zum Menschen macht, er greift zurück auf das, was die Funktionsweise unseres Gehirns mitbedingt — die Sprache — und aus uns die tragikomischen Gestalten macht, die wir sind, imstande, zu begreifen, was der Tod bedeutet, unfähig, ihm zu entkommen, aber fähig, darüber zu lachen. Die Literatur unterscheidet sich von den anderen Künsten dadurch, daß ihr Material vom Denken nicht zu trennen ist, während Farben, Formen und Klänge, die ja die wichtigsten Bausteine der anderen Künste sind (oder waren, bis die Kunst konzeptuell wurde), zunächst mit den Sinnen verbunden sind. Die Literatur ist die am wenigsten materielle der Künste. Zwar spielt Klang für sie eine Rolle, aber dieser Klang ist ein stummer, imaginärer. Der Kopf des Lesers ist ein Miniatur-Orchestersaal, in dem eine stille Musik ertönt. Jedes Buch ist auch eine Partitur, aber eine, die von einem Orchester von Axonen, Synapsen und Dendriten gespielt wird.

Vor hunderttausend Jahren sprach der Mensch noch nicht. Er gab Laute von sich, Tierschreie, die Angst, Aggressivität, sexuelle Erregung ausdrückten. Dann hat sich einer bestimmten Theorie zufolge die Mund- und Rachenpartie des Menschen verändert, die dem Menschen fürderhin eine gewisse Kontrolle über die Geräusche gab, die er bis dahin instinktiv erzeugt hatte. Warum es zu dieser Veränderung kam, ist nicht bekannt. Ich stelle mir den Menschen von vor hunderttausend Jahren vor als Geknebelten, der unbedingt etwas ausdrücken will, der loswerden will, was er auf dem Herzen hat, dessen Anatomie ihm das aber nicht erlaubt. Aber wo ein Wille ist, ist auch ein Organ: der Mensch hatte ein solches Verlangen zu sprechen, daß er schließlich seine Stimmbänder in seine Gewalt bekam. Seitdem hat er keine Sekunde aufgehört, vor sich hin zu plappern und zu kommentieren, und er macht keine Anstalten, damit je wieder aufhören zu wollen.

Eine andere Theorie besagt, daß bei den prähistorischen Vorfahren des Menschen der Übergang von der vierbeinigen Haltung zur zweibeinigen, aufrechten (homo erectus), die Vorderbeine des Menschen befreite, die sich daraufhin in Arme verwandelten. Mit ihnen konnte er sich bald gestikulierend verständigen. (Wenn der Zufall dem Evolutionsprozess eine nur wenig andere Richtung gegeben hätte, würden wir heute auf den Händen laufen und mit den Füßen gestikulieren, was zu einer besseren Durchblutung des Gehirns geführt hätte und aller Wahrscheinlichkeit nach zu längeren und eleganteren Gebilden, als die Stummel es sind, die wir heute unsere Fußzehen nennen.) Die mündliche Verständigung hätte sich dann verbreitet, um ihrerseits die Hände für andere Zwecke zu befreien, zum Beispiel Stricken, Kühemelken, Onanieren, woraus zu schließen ist, daß höchstwahrscheinlich die Sprache abgelöst werden wird von einer anderen Kommunikationsform, die Mund und Rachen für andere Zwecke brauchbar machen wird, für welche, wissen wir noch nicht, aber wir können versuchen es zu erahnen, jetzt, da wir wissen, daß die Funktionen die Organe nur für begrenzte Zeit in Beschlag nehmen, bis sie alle ihre Möglichkeiten erschöpft haben, und sich dann anderen Körperteilen zuwenden, die sie ebenfalls versuchen zu monopolisieren. Eines Tages werden unsere Beine vielleicht Besseres zu tun haben, als uns zu tragen.

Einer überholten Theorie zufolge jagt im Gehirn nicht eine Funktion die andere wie im Rest des Körpers. Die neuen Funktionen tolerieren die alten und überlagern sie, so daß wir nach ein paar Millionen Jahren ein erstes, so genanntes Reptilgehirn besitzen – das Hirn, mit dem sich Fische, Lurche und Reptilien begnügen müssen –, darüber ein zweites, das dem Gehirn aller niederen Säugetiere ähnelt, und darüber schließlich ein drittes und vorerst letztes, das wir mit niemandem teilen müssen und mit dem wir vernünftig und unvernünftig denken, uns erinnern und uns Dinge vorstellen können, lauter Fähigkeiten, um die uns die anderen Tiere nicht beneiden, was uns nicht daran hindert, sie zu bedauern, weil sie an diesen wunderbaren Tätigkeiten nicht teilhaben.

Die drei übereinandergewachsenen Gehirne bekriegen sich unentwegt. Während das erste uns dazu aufhetzt, auf die anderen loszustürmen, um uns mit ihnen zu paaren oder uns als ihre natürlichen Feinde aufzuspielen, befiehlt uns das zweite, uns denselben Aktivitäten hinzugeben, aber was die eine betrifft im Rahmen der Ehe, und was die andere betrifft in dem eines liberalen Kapitalismus oder »bewaffneter Konflikte«. In uns kämpft das Reptil gegen den zivilisierten Menschen. Unter dem Einfluß unseres primitiven Hirns töten wir, unter dem unseres hochentwickelten Hirns töten wir auch, aber wir haben dem Mord eine Gesetzgebung und eine moralische Rechtfertigung verpaßt. Eigentümlicherweise sind die Verhaltensweisen, die uns unser Lurchenhirn diktiert, diejenigen also, die das Überleben des Individuums und der Art gewährleisten, recht verwandt mit dem, was wir heute »menschlich« nennen, während umgekehrt die Handlungen, die auf unser Neoenzephalon, also auf unser modernes Gehirn zurückzuführen sind, wie Massenmord, Vergewaltigung und Folterung, von uns gewöhnlich als »bestialisch« bezeichnet werden. Im Grunde handelt heutzutage jedes wilde Tier, jede mit schleimigen Sekretionsdrüsen übersäte Amphibie menschlicher als wir.

Ich lasse das älteste und das jüngste meiner Hirne miteinander zanken und wende mich dem mittleren, dem limbischen Hirn zu, das allen Hindernissen zum Trotz ständig damit beschäftigt ist, mich am Leben zu erhalten. Tag und Nacht bemüht es sich, mich am Sterben zu hindern, indem es darauf achtet, daß meine Körpertemperatur, mein Blutdruck und mein Herzrhythmus möglichst konstant bleiben. Warum müht es sich so ab? Wovon wird es angetrieben? Für wen arbeitet es? Die Biologen wissen es genauso wenig wie die Theologen, obgleich letztere, in der Hoffnung, so das Geheimnis zu zähmen, ihm einen Namen gegeben haben. Ohne daß ich ihn darum gebeten hätte, tut mein Organismus alles in seinen Kräften Stehende, um mich am Leben zu erhalten. Darin unterscheidet er sich nicht von den anderen Lebewesen, die ja alle eine gewisse, in Wahrheit sehr relative Dauerhaftigkeit anstreben. Diesen Willen zur Dauer nannte 1923 der amerikanische Physiologe Cannon Homöostasie. Die Homöostasie ist eine Art

Heim-Stasi, welche die geringsten Bewegungen und Variationen in unserem Körper überwacht und bei dieser Gelegenheit gleich reguliert, ob es uns nun recht ist oder nicht.

Im Bereich der Psyche existiert ein ähnlicher Autoregulierungs-Mechanismus, seit Freud unter dem Namen »Lustprinzip« bekannt. Ohne es zu wollen und ohne uns darüber überhaupt im klaren zu sein, versuchen wir unser Leben lang Erfahrungen zu meiden, die wir in der Vergangenheit als unangenehm empfunden haben, hingegen Empfindungen zu erneuern, die uns in guter Erinnerung geblieben sind. Am Leben bleiben gehört offenbar zu den wichtigsten angenehmen Erfahrungen, die wir anstreben, von den Menschen abgesehen, denen das Totsein mehr Lust verschafft als das Lebendigsein, was ja immerhin recht häufig vorkommt.

Wenn ich mir überlege, womit ich mich an einem gewöhnlichen Tag beschäftige, stelle ich mit Überraschung fest, daß die Beschäftigungen, die mir dem Anschein nach überhaupt kein Vergnügen bereiten, an denen ich aber, will man der Psychoanalyse Glauben schenken, sozusagen hinter meinem Rücken doch Gefallen finde, bei weitem überwiegen. Allerdings hat Freud ja auch nicht gesagt, daß wir Lustgefühle finden, sondern nur, daß wir sie suchen.

Das Wesen der Lust ist insofern vergleichbar mit dem des Glücks, als es alle möglichen Phänomene und Empfindungen vereint, die man nicht ohne weiteres miteinander in Zusammenhang bringen würde. Genaugenommen kann jede Tätigkeit, so unangenehm oder schmerzhaft sie auch ist, Lustgefühle hervorrufen; wenn es entsprechend konditioniert ist, verwandelt das Gehirn jede noch so mühsame oder gar gefährliche Tat in Lust. Wenn es uns nur oft genug dieselben idiotischen oder enttäuschenden Verhaltensweisen wiederholen sieht, begreift es schließlich, daß diese uns, wenngleich wir es nicht zugeben oder nicht besser wissen, eine gewisse Befriedigung verschaffen. In Wirklichkeit ist das Gehirn nicht so schlau, wie man gerne annimmt: es braucht uns lediglich eine Weile zu beobachten und ein wenig Ahnung von Statistik zu besitzen, schon ist es über unsere intimsten Vorlieben informiert.

Mein Gehirn hat sich von mir nicht lange irreführen lassen. Seit vielen Jahren sieht es mich schon meinem Schreibtisch entfliehen und mich vor der Arbeit drücken, es merkt, wie ich mich auf jeden verblödenden Zeitvertreib stürze, um mich nur nicht der furchtbaren Aufgabe stellen zu müssen, die meiner harrt. Schließlich hat es mich vor meinem Verfolger kapitulieren und die Waffen niederlegen sehen: das Recht des Stärkeren hatte gesiegt. Es hat gesehen, wie ich meine Worte suchte unter den unzähligen, hochmütigen, erdrückenden Worten der anderen, wie ich meine eigenen Worte suchte, die doch da irgendwo sein mußten, verloren im Gewühl, es hat gesehen, wie ich mit mir selber rang, mit der Welt, mit Form und Inhalt, jenen zwei alten, von Wind und Wetter angenagten Statuen, wie ich rang mit dem Schrecken und dem Verzagen, mit Hoffnung und Tod. Es hat mich schreiben gesehen. Und da ich immer wieder darauf zurückkam und mich ganz offensichtlich dem Ruf nicht entziehen konnte, hat es daraus geschlossen, daß ich ein geheimes, vielleicht masochistisches Vergnügen dabei empfinden muß, und daß es mich also zu dieser Tätigkeit guten Gewissens ermutigen kann.

Meinerseits habe ich aus all dem geschlossen, daß mein Gehirn ein doppeltes Spiel spielt: einerseits unternimmt es alles, was in seinen Möglichkeiten steht, um mich am Schreiben zu hindern, andererseits bemüht es sich, mir das Leben zur Hölle zu machen, solange ich nicht schreibe. Worauf will es hinaus? Was ist der Zweck seiner Manöver? Wenn es will, daß ich schreibe, soll es mich das auf eindeutige Weise wissen lassen. Und wenn es der Meinung ist, daß ich meine Zeit verschwende und besser eine Familie oder eine politische Partei gründen sollte, soll es mich das ebenso deutlich wissen lassen. Dann wüßte ich wenigstens, woran ich mich zu halten habe, und wäre endlich nicht mehr das Opfer widersprüchlicher und für immer unvereinbarer Neigungen.

Mein Gehirn gibt vor, auf meiner Seite zu sein,

eine Stütze, mit der ich in jeder Lebenslage rechnen kann, aber ich weiß schon seit langem nur zu gut, daß mein Gehirn mich als erstes fallen lassen würde, wenn es hart auf hart käme, zumal es, wenn es wirklich hart auf hart käme, als erstes Bescheid wüßte und es persönlich übernehmen würde, mich über die Ausweglosigkeit der Situation zu informieren, um mich dann meinem traurigen Schicksal zu überlassen. Es ist übrigens nicht ausgeschlossen, daß es mich bereits abgeschrieben hat und nur noch ein Mittel sucht, mich, oder was ohne es von mir übrig wäre, auf möglichst unauffällige Weise loszuwerden. Seit es begriffen hat, daß von mir nicht viel zu erwarten ist, hat es nur noch eines im Sinn: den Besitzer zu wechseln und ein neues Leben anzufangen.

Die Gegenwart gehört denjenigen, die nichts anderes zu beißen haben und außerhalb der Zeit leben (wer ständig in der Gegenwart lebt, nimmt die Zeit nicht als Dauer, also im Grunde überhaupt nicht wahr). Die Gegenwart gehört niemandem, während die Vergangenheit allen gehört, auch denjenigen, die nichts von ihr wissen wollen. Niemand kann sein Gehirn daran hindern, den ganzen Tag zu registrieren und zu speichern, auf staubigen Regalen Nützliches und Unnützes, Schönes und Schmerzhaftes willkürlich und ohne System zu stapeln. Die Vergangenheit gehört hundert Milliarden von Neuronen, die sich um sie streiten, sie da- und dorthin werfen, sie aufsplittern, zerkauen, wieder zusammensetzen und deren tägliches Brot und wichtigsten Zeitvertreib sie darstellt. Die Vergangenheit hat ein Gewicht. Nachdem das Gehirn einen Gedanken, einen Ton oder ein Bild gespeichert hat, ist es schwerer als zuvor. Die Vergangenheit ist eine Proteinmasse, die sich langsam ansammelt und nach und nach den Kopf beschwert, bis dieser zu schwer ist für den Körper, auf dem er balancieren soll. Die Vergangenheit gehört denjenigen – zu denen ich nicht gehöre –, die stark genug sind, ihn zu tragen.

Mein Körper hat ein ebenso großes Gedächtnis wie mein Kopf. Wenn er einmal mit einem beliebigen Bazillus bekannt geworden ist, erinnert er sich an ihn und schickt beim nächsten Mal gleich einige Bataillone von Antikörpern an die Front, die sein Territorium vor dem Feind verteidigen sollen. Mein Körper sondert Antikörper aus, mein Kopf Antiköpfe. Die Antikörper verteidigen mich schlecht und recht vor den Bazillen, die Antiköpfe vor der Übermacht des Intellekts. Wenn es mit den Intellektuellen so weit gekommen ist, dann deshalb, weil ihr Organismus nicht genug Antiköpfe produziert. Hier eine schematische Beschreibung der Funktionsweise eines durchschnittlichen Intellektuellenhirns: zunächst bringt der Kopf ein paar beliebige, jeder soliden Grundlage entbehrende Ideen hervor. Dann beginnt der Antikopf, die Affirmationen des Kopfes zu widerlegen, und daran tut er gut, denn der Kopf neigt dazu, sich zu überschätzen und sich allwissend und unfehlbar zu glauben. Nun kann der Intellektuelle mit Hegel das Ganze umfassen und eine höhere Stufe erklimmen: Kopf, Antikopf, Synkopf. »Im Synkopf ist immer mehr drin als im Kopf und im Antikopf zusammen.« (Sartre)

Ich bewundere die Intellektuellen für die Sachlichkeit ihrer Argumentation, die Triftigkeit ihrer Ausführungen, die Eindeutigkeit ihrer Beweisführungen und für ihre Sprachfertigkeit. Ich habe hin und wieder welche kennengelernt. Den einen oder anderen (zwei oder drei höchstens) habe ich mit Vergnügen geküsst – was könnte angenehmer sein, und seltener, als jemanden zu küssen, den man bewundert? Doch wie weit bin ich nun in meiner eigenen Beweisführung, auf meinem Weg zur ersten Person, die keine weiteren Ausflüchte und Ausschweifungen mehr dulden will?

Das unbekannte Ziel bleibt in weiter Ferne, ich habe es übrigens im Verdacht, alles so eingerichtet zu haben, daß die Entfernung zwischen ihm und mir zugleich unvorstellbar und gleichbleibend ist. Diese Forschungsreise ist ohne Ende. Dieser Weg führt nirgendwo hin. Für diejenigen, die schon seit einer Weile darauf warten, daß der Zug langsamer wird, um abzuspringen, ist der Moment jetzt gekommen. Die anderen werden mir noch eine Weile folgen auf

jenen unsicheren Schienen, die ins Herz des Laby-
rinths vorstoßen, bis an einen Ort, den es noch nicht
gibt, der aber bald in einigen dafür empfänglichen
Köpfen als blinder Passagier mitreisen wird. Bis jetzt
waren die Reisebedingungen eher günstig: ein bißchen Humor, ein bißchen Ernsthaftigkeit, ein bißchen Langeweile, die Dosierung war so kalkuliert,
daß die Ungeduldigsten nacheinander aussteigen
und wir die Fahrt in kleinem Kreise fortsetzen können. Zu dieser Stunde sind nur die Neugierigsten
noch wach, in ihrer Begleitung will ich weiter vordringen, bis der Weg sich verliert, und diese Stelle ist
weder nah noch weit, weder leicht noch schwierig
zu erreichen, es ist kein Gipfel, kein zu schlagender
Rekord, bloß eine kaum sichtbare blasse Mondsichel,
auf der ich mich im Gleichgewicht halten, bloß ein
Vulkankrater, in den ich hineinspringen muß. Ich
weiß, daß ihr da seid. Kommt mit.

Unter dem Berg hat das Wasser die Farbe der Erde.
Der Donner dringt nur sehr gedämpft zu mir, als
klopfe jemand kraftlos an eine ferne Tür. Das Echo
erreicht mich nicht. Die Schatten – Phantome, die
sich über andere Phantome schieben – heben sich
kaum ab von dem schwarzen Stein. Ich dringe weiter
vor, grabe Höhlen in die mürbe Erde. Die Schichten
von Phantomen, die mich bald von der Welt trennen,
bilden die beste akustische und thermische Isolation,
die man sich vorstellen kann. Ich stelle fest, daß ich

mich nun in einem völlig schalldichten Raum bewege. Die Stimmungsmusik der Organe dringt nicht bis hierhin vor. Selbst die Brandung, die sonst ohne Unterlaß an die Bucht meines inneren Ohres schlägt, ist in der Isolationshaft meines Geistes nicht zu hören. Noch nicht einmal mein Herz höre ich schlagen; wahrscheinlich hat es sich verzogen, um woanders das Metronom zu spielen, um den Takt zu lustigeren Tänzen zu schlagen, als ich sie ihm spielen konnte, um das Eisen zu schmieden, solange es heiß ist. Tatsache ist, daß ich es nicht mehr schlagen höre, wie ich mich auch nicht mehr atmen höre. Die Luft strömt lautlos in die flaumigen Abgründe meiner Nasenhöhlen, bläst meine Lungen auf, um alsbald wieder völlig geräuschlos den Rückweg anzutreten: wenn man einmal in das Reich des Geistes eingetreten ist, ist der Körper nicht mehr vorhanden als Musik- und Folterinstrument, sondern nur noch sehr diskret, im selben Maße wie die Wolken, die Luftzüge und die Staubkörner; es verzichtet momentan darauf, sich über Schmerz oder Lust in unser Gedächtnis zu rufen.

Die Jahrhunderte ziehen eines nach dem anderen an mir vorbei und machen sich daran, ihre Toten aus den Massengräbern zu ziehen. Überall werden Leichen hochgehalten, was weder schön anzusehen noch leicht zu verstehen ist für jemanden, der zufällig hier vorbeigeht und den Tod noch nie gesehen hat, weder von Angesicht zu Angesicht noch von der Seite noch von hinten. Die Antike winkt seit Jahrtausenden mit den Körpern ihrer von Löwen zerrissenen jungen Männer. Das Mittelalter wirft die schwarze Asche in die Luft, die von ihren rothaarigen Frauen übrig geblieben ist. Die Moderne trägt zu dem Gemeinschaftswerk bei, indem sie die abgemagerten Kadaver der Vergasten, der Strahlenverseuchten und mit Napalm Verbrannten aus der feuchten Erde zerrt.

Ich kauere mich ganz an den Grund dessen, was ich für meinen Geist halte, und versuche nicht aufzufallen, aber alle Toten der vergangenen Jahrtausende scheinen sich am Eingang meiner Höhle verabredet zu haben, wo sie sich in engen Reihen aufgestellt haben, als posierten sie für ein Familienfoto: die kleinsten im Vordergrund, die größten in der letzten Reihe, die mittelgroßen Toten dazwischen. Ich möchte die Augen abwenden, aber ich kann nicht anders, als sie anzuschauen und ihnen tief in die Augen, besser gesagt in die von Würmern seit Jahrhunderten leergefressenen Augenhöhlen zu blikken, sie stehen da und warten auf das Geräusch des Auslösers, können sich kaum gerade halten auf ihren verrenkten Gebeinen, und ich weiß nicht, was ich sagen soll, weiß nicht, was sie von mir wollen, was sie mir vorwerfen – falls sie mir etwas vorwerfen –, warum sie ausgerechnet vor meinem bescheidenen

Unterschlupf Wache halten, wo ich ihnen doch nichts getan habe und keine Schuld trage an ihrem Leid und Schmerz, an ihrer bis ins Unendliche sich hinziehenden Agonie, wo ich doch nie einer Fliege etwas zuleide getan habe, auch wenn ich vielleicht schon ein paar getötet habe, wo ich doch manchmal einem Armen Geld gebe, viel zu selten, zwar, fast nie, wenn man die Zahl der Armen bedenkt, die eines Almosens bedürften, und allmählich ziehen die Toten sich zurück und machen den Lebenden Platz, oder vielmehr den Dahinsiechenden, den jungen Greisen, die auf den Gittern der Metro-Luftschächte schlafen oder auf Kartons, den Kindern mit ihren riesigen Bäuchen und fliegenumschwirrten Augen, denen man erfüllt, was man für ihren letzten Wunsch hält, nämlich vor ihrem Tod auf den Fernsehschirmen der ganzen Welt zu erscheinen, von ebenso vielen Augen gesehen zu werden wie Ronaldo oder Madonna, während ich ein Glas Wein trinke und Olivenkerne ausspucke, sehe ich in die angstgeweiteten Augen eines kleinen Mädchens, das in Mexiko oder woanders im Schlamm steckt, ihre Beine sind eingeklemmt unter der Erde, Augen, die man mir zu jeder Tages- und Nachtzeit serviert, bis sie nicht mehr in die Kamera schauen können, welche sich daraufhin wieder auf den Weg macht und weiter durch die Welt streift, damit wir keine Sekunde auf die Gesellschaft Sterbender verzichten müssen. Alle diese Kurzzeit-Stars scheinen im selben Augenblick erwacht zu sein und nun die Notunterkunft zu belagern, in die ich mich geflüchtet hatte, und sie machen keinerlei Anstalten, ihr Lager wieder aufheben zu wollen.

Vergeblich rolle ich mich auf dem Grund meiner selbst zusammen: ich bin umzingelt von toten oder halbtoten Gesichtern, von Figuren, die entschlossen scheinen, mich zum Zeugen zu nehmen, ohne daß ich wüßte, wovon, vielleicht zum Zeugen ihrer Existenz, die sich, kaum materialisiert, schon wieder verflüchtigt, zum Zeugen ihrer Niederlage und zugleich ihres Willens, in irgendein Gedächtnis, ein Bewußtsein, sei es meines oder ein anderes, einen flüchtigen Abdruck zu setzen und so das Vergessen um vierundzwanzig Stunden oder um ein Menschenleben zu verzögern, eine wenigstens winzige Spur ihres Weilens auf dieser Erde zu hinterlassen – bereit zu allem, solange jemand sich ihre beachtliche, ganz und gar vergebens aufgebrachte Energie vergegenwärtigt, all die von den eifrigen Händen der Sterbenden aufgehängten Lampions, die heute die Sackgassen der Welt säumen.

Die erste Person, wie das Gehirn und die Erde, teilt sich in zwei Hemisphären, eine, die leidet, und eine zweite, die auch leidet, eine, die Fragen stellt, und eine zweite, die nicht antwortet, eine, die sich zu kennen glaubt, und eine zweite, die noch nicht einmal weiß, daß es sie gibt. Die erste Person reist von einer Hemisphäre zur anderen, durchquert beide Welten von der Talebene bis zu den Gipfeln, überwindet alle Entfernungen im Bruchteil einer Sekunde. Die erste Person ist die schnellste von allen. Seht die zweite, wie kurzatmig sie schon ist: wie lange sie allein braucht, um am Horizont zu erscheinen, sich ein Gesicht zu modellieren, eine Haltung einzustudieren, um nur zwei oder drei Körpermerkmale oder Charakterzüge herauszubilden, mit Hilfe deren die erste Person sie schließlich erkennen kann!

Die dritte Person ist im Grunde nur eine Nachbildung der zweiten. Sie ist eine zweite Person, die persönlich kennenzulernen man keine Gelegenheit hatte, oder von der man sich momentan oder endgültig wieder abgewendet hat.

Alle Personen sind erste Personen. Das erschwert das Leben in der Gesellschaft erheblich.

Heute nacht hat sich die Gesellschaft verflüchtigt. Meine erste Person und ich sind alleine auf der Welt, der Mond bescheint unsere Gegenüberstellung, Angesicht zu Angesicht und dabei Rücken an Rücken stehen wir da, zum Nahkampf bereit, wir verschachteln uns und kreisen uns ein, wir versuchen zu fliehen, jede in eine andere Richtung, aber die Grammatik hat uns miteinander verwoben und wer das Gewebe auflöst, löst sich selber auf, wir sind miteinander verbunden im Guten und im Schlechten, aneinandergekettet unser Leben lang – jedenfalls mein Leben lang. Wenn ich erst einmal tot bin, wird das Gewicht meiner Existenz endlich von meiner ersten Person genommen sein, sie wird endlich, von mir nicht mehr ständig herabgesetzt, die Größe einer ausgewachsenen ersten Person erreichen, sie wird aufleben, aus meinem Schatten treten, und ich werde nicht mehr da sein, um ihr das Maul zu stopfen, sobald sie die Nasenspitze zeigt, wie ich das bisher immer getan habe, außer in diesem Buch, in dem die erste Person schon zu meinen Lebzeiten triumphiert.

Die erste Person wird irgendwo im Kopf des Kleinkindes geboren. Wenn sie erst einmal da ist, bleibt sie uns immer auf den Fersen, wir können nicht mehr an uns denken, ohne dabei an sie zu denken, und selbst wenn wir uns mit etwas ganz anderem beschäftigen, mit dem Fahrplan von Frankfurt nach Hamburg zum Beispiel, mit der Drehung der Erde in jenem Ballspiel, das wir Universum nennen, oder mit der Geldwäsche im Drogenhandel, die erste Person ist immer dabei, sie kauert in einem Winkel unseres Hirns und wartet, bis ihre Stunde schlägt, sie kitzelt uns den Gaumen, bis wir den Mund öffnen und sie hinauslassen, denn, solange sie in ihrer fleischlichen Verpackung steckt, ist sie unzufrieden; sie begnügt sich nicht damit, zu existieren, sondern träumt davon, anderen ersten Personen vorgestellt zu werden und sie in zweite und dritte Personen zu verwandeln, anderenfalls siecht sie dahin, es drängt sie, sich zur Schau zu stellen und möglichst unsterblich zu werden; alle ausgesprochenen Worte, alle veröffentlichten Bücher ernennt sie zu ihren Treuhändern.

Sobald sie aber ihren Geburtsort verläßt, verschleiert die erste Person ihre wahre Identität und kleidet sich in Lügen, wie Adam und Eva, aus dem Paradies vertrieben, sich mit Tierfellen bedeckten, um auf Erden bestehen zu können. Das von mir ausgesprochene oder aufgeschriebene Ich ist nur noch ein entfernter Vetter jenes Ichs, das im Käfig meines Hirns eingeschlossen ist. In die Welt hinausgelassen, verleugnet die erste Person ihre Herkunft, sie kann sich nicht mehr rühren, ohne an den Eindruck zu denken, den sie hinterläßt, ihre Bewegungsfreiheit engt sich ein, sie wird zur Sklavin der zweiten und dritten Personen, von denen sie sich beobachtet glaubt, wobei sie völlig vergißt, daß diese ja keine eigene Existenz besitzen und nur ihrer Einbildung entsprungen sind. Sobald es aus seinem inneren Tunnel entflohen und an die frische Luft gelangt ist, unterwirft sich das Ich seiner eigenen Vorstellungskraft.

Dieses Buch soll der Ort der freien, inneren, geheimen ersten Person sein, als sei es nicht geschrieben, sondern bloß gedacht, als schwebe es über einem Sicherheitsnetz aus Neuronen, es soll das Buch der ursprünglichen ersten Person sein, der *ersten* ersten Person, die noch keine Biographie besitzt, aber Augen, mit denen sie die Rinde der Träume durchbricht und das Dunkel erforscht, in dem sich das Innen vom Außen teilt.

Die Nacht ist kantenlos, ich spüre, wie sie mich mit ihrem undurchlässigen Molton umgibt, ich sträube mich nicht, lasse mich ganz gehen, davongleiten, ich spüre, wie sie mich mit ihren mythischen Bleigewichten beschwert, Morpheus streckt seine behaarten Arme nach mir aus, ergreift mich und findet mich sehr schwer für ein menschliches Wesen. Der Schlaf ist ein fremdes Land; man spricht dort verschiedene Traumsprachen, die niemand verstehen kann. Ich bitte Morpheus, mir einige zufällig aufgeschnappte Worte zu übersetzen, und er gesteht mir, daß ihm die Worte zwar geläufig sind, daß sich ihm ihr Sinn aber entzieht. Darauf lädt er mich zum Tanz. Von einem Walzer werden wir fortgezogen, in einen Abgrund hinein, wo es sich gut leben und atmen läßt. Hier ist mein Heim, sagt Morpheus. Fühle dich wie zu Hause, ich bin gleich wieder da. Und er verschwindet im Fitneßraum, um ein bißchen Muskeltraining zu machen.

Als er wiederkommt, trifft er mich bei einem ersten Erkundungsgang durch den Abgrund an; ich würde gerne wissen, in welche Art Schlucht mich das Schicksal diesmal gestoßen hat. Nun entspanne dich doch, sagt Morpheus, lege dich auf den Diwan und vergiß einen Augenblick die Welt, die dich umgibt, was habt ihr bloß alle, daß ihr euch derart für eure Umwelt interessiert, als gäbe es dort irgendetwas zu sehen, was nicht jeder x-Beliebige ebenso sehen könnte, wenn er nur die Augen aufmacht und nicht ganz blind ist, natürlich, während die Landschaften eurer Träume nur von euch selbst gesehen werden können, niemand anderes wird je den flüchtigsten Blick darauf werfen. Der Nordpol ist begraben unter dem Unrat der Forschungsreisenden, alle Pfade des Himalaja sind übersät mit Coca-Cola-Dosen und benutzten Taschentüchern. Nur in den Träumen gibt es noch fremde Länder zu erforschen, sie allein halten euch noch jungfräuliche Landschaften bereit, sobald ihr die Augen schließt − und manchmal fallen die Traumbilder sogar in eure weit geöffneten Augen hinein.

Ist das Leben nicht viel zu kurz, um nicht zu schlafen? fährt Morpheus fort. Gibt es nicht eine Unzahl von Dingen zu tun, von Spaziergängen, von zu besteigenden Bergen und zu durchquerenden Wiesen, von den zu schreibenden Büchern ganz zu schweigen? Denn es gibt Bücher, und es sind nicht die uninteressantesten, die im Traum geschrieben werden (allerdings muß man sie beim Aufwachen noch einmal neu schreiben).

In diesem Augenblick erwache ich und staune, da

ich an den Traum denke, den ich soeben verließ, daß Morpheus auch mit dem Schreiben und der Literatur vertraut ist, aber so sind die Götter nun einmal, allwissend, mehrsprachig und multidisziplinär.

Zeit bringt Rat, aber was rät die Zeit? Die Zeit befragt die Nacht. Laß die Zügel los, flüstert die Nacht, halt dich nicht fest, wenn du in meinen unterirdischen Lagunen baden willst; entsage deinem Stolz: er ist es, der dich am Ufer zurückhält, inmitten der Schiffswracks und der gestrandeten Flaschen, die vielleicht einst eine Nachricht enthielten, die vielleicht einst für irgend jemand eine Bedeutung besaßen. Verspotte mich nicht, sagt die Nacht, wenn ich dich eintreten lassen soll. Zeig mir den mir gebührenden Respekt; ich bringe Rat, was willst du von mir? Ich rate dir, niemals einen Rat anzunehmen. Es gibt ebenso viele Wege wie unbekannte Ziele, du mußt den richtigen selber finden, glaube nicht, daß ich dich führen werde. Und noch etwas: an jeder Kurve streckt dir die Sprache Worte entgegen. Die Worte sind Krampen, die dir beim Auf- und beim Abstieg behilflich sein können. Kaum hat sie geendet, bricht die Nacht ein wie eine marode Decke, und der Tag, ganz Gentleman, steht auf und bricht an, um ihr zu Hilfe zu eilen. Ich betrachte sie, wie man zwei Gespenster betrachtet oder zwei alte Freunde, die man schon seit Jahren nicht mehr gesehen hat. Nacht bringt Rat, und was bringt Tag? Tag bringt Langeweile.

Ich wende mich von diesem berühmten Paar ab, dessen Biographie (*Tag und Nacht*) und Liebesgeschichte noch zu schreiben bleibt, und fahre fort in der empirischen, vor Hunderten von Schattenjahren begonnenen Erforschung meines Geistes mit Hilfe der ihrerseits unter der Herrschaft des Geistes stehenden Sprache, was in etwa dasselbe ist, als versuche man, die Funktionsweise eines Automotors ausschließlich mit den energetischen und intellektuellen Mitteln zu ergründen, die der Motor selbst einem zu bieten hat. Die Erfolgschancen sind entsprechend gering. Um über die Funktionsweise des Gehirns und das Wesen des menschlichen Geistes richtig nachdenken zu können, bedürfte man eines neutralen, unabhängigen Instrumentes. Ist das nicht eine unerläßliche Voraussetzung für wissenschaftliches Arbeiten? Es ist ausgeschlossen, daß Gegenstand und Autor einer seriösen wissenschaftlichen Untersuchung ein und derselbe sind – außer im Falle der Hirnforscher. Diese Feststellung wirft unvermittelt ein zweifelhaftes Licht auf die Neurowissenschaften oder dürfte zumindest bei allen Wissenschaftsgläubigen und strengen Materialisten ein gewisses Mißtrauen den Hirnforschern gegenüber wecken. Natürlich haben die Neurobiochemiker und Neuropsychiater bereits eine Ausrede parat: ohne zu zögern, werden sie sagen, daß ihnen für die Untersuchung der Hirnaktivität – und übrigens *jedes* erdenklichen Studienobjekts – kein anderes Werkzeug zur Verfügung steht als das Gehirn, und daß ihnen ja gar nichts anderes übrig bleibt, als sich mit dem Instrument zu begnügen, über das sie verfügen. Womit sie selbstverständlich Recht hätten. Nur: wird ihre Arbeit davon vielleicht seriöser?

Auch ich, die ich das Hirn mit meinen eigenen Mitteln zu erkunden suche, bin mit diesem Dilemma konfrontiert. Nun führt mein Unterfangen vielleicht zu nichts, aber es hat das Glück, von dem eben beschriebenen Mangel an Distanz nicht vollständig diskreditiert zu werden, und zwar deshalb, weil ich nie auch nur die geringste Wissenschaftlichkeit oder Distanz angestrebt habe, sondern im Gegenteil die größtmögliche Nähe zu mir selbst suche, zu dem menschlichen Wesen, das ich bin, und folglich, das die anderen sind.

Natürlich stehen wir vor derselben Schwierigkeit, die Naturwissenschaftler und ich: wie kann man das Organ verstehen, mit dem man versteht? Und, noch heikler: mit dem man nicht versteht? Denn das Gehirn ist beides zugleich: Hilfe und Hindernis, Kosmos und Chaos, Mauer und Weg, und dieselbe Idee oder Entdeckung, die uns den menschlichen Geist bewundern läßt, dem sie entsprungen ist, stellt uns auch vor dessen Grenzen. Jeder Planet, den wir entdecken, ruft uns die unzähligen Gestirne ins Bewußtsein, von denen wir nichts wissen, und der Anteil des

Unbekannten wächst in dem Maße, in dem wir es uns anzueignen versuchen. Wir hantieren mit dem Atom und haben keinerlei Vorstellung davon, wie es nach dem Atom weitergeht, noch ob es der Mühe wert wäre, es herauszufinden. Die besondere Funktionsweise unseres Gehirns bedingt das Wissen, das wir zu besitzen glauben; ein anders geartetes Wesen würde bei der Untersuchung desselben Phänomens zu völlig anderen, wenn nicht gegensätzlichen Ergebnissen kommen. Unser Verstehen der Welt bleibt in den Schranken der menschlichen Intelligenz: der einzigen, die wir uns vorzustellen imstande sind. So wie es Laute gibt, die das menschliche Ohr nicht wahrnehmen, und Dinge, die das menschliche Auge nicht sehen kann, gibt es Gedanken und Gefühle, die das menschliche Gehirn außerstande ist, zu denken und zu verspüren. Aber anders als die für unsere Ohren unhörbaren Geräusche, sind die undenkbaren Gedanken auch unvorstellbar. Während die Geräusche sich auf einer Achse bewegen, die von sehr tief bis sehr hoch reicht, verstreuen sich die Gedanken in alle Himmelsrichtungen, ohne, oder fast ohne, Kohärenz und System. Es genügt, sich denselben Ton tiefer oder höher vorzustellen, um den gesamten Klangfächer vor sich ausgebreitet zu sehen – wenn man ihn schon nicht hören kann. Die nicht denkbaren Gedanken hingegen sind Sternbilder einer fremden Galaxie, ein Schraubstock, der unser ganzes Leben lang teilnahmslos unsere Hirne einklemmt und auf ihnen lastet mit dem ganzen Gewicht seines angeblichen Nichtvorhandenseins.

Einmal mehr ist es null Uhr null, die Stunde, zu der die Raumschiffe starten zu bekannten, wenngleich oft nicht erreichten Zielen, die Stunde, zu der ich abhebe und ins Innere fliege, die Stunde, zu der das unbekannte Ziel manchmal seine Nasenspitze vorreckt – dann gilt es, es nicht entwischen zu lassen –, die Stunde der Aufrichtigkeit, die Stunde, in der ich allein im Dunkeln spreche. Meine Zuhörerschaft beschränkt sich auf ein auf meinem Schreibtisch gestrandetes Insekt, eine Art großer, geflügelter Ameise, deren überdimensionierte Grille ich bin. Ich singe ihr ein lustiges Lied, um sie zur Arbeit anzutreiben, dann vergesse ich sie, bis ich sie, beim Umblättern eines der großen Wörterbücher, die geöffnet auf meinem Tisch liegen, fast erschlage. Gott sei Dank ist sie nur verletzt. Meinetwegen ist die Arbeiterin beinah einem Arbeitsunfall zum Opfer gefallen; ich fühle mich verpflichtet, für ihre baldige Genesung zu sorgen. Ich singe ihr ein trauriges Lied, um sie in den Schlaf zu wiegen, aber die Hyperaktiven, seien sie verletzt oder unversehrt, kennen keine Ruhe. Ich sehe ihr zu, wie sie sich mühsam mit ihren abgeknickten Beinchen und zerknitterten Flügeln weiterschleppt, und werfe mir vor, daß sie durch mich nun vielleicht invalide geworden ist. Gespannt

verfolge ich mit den Augen ihre ruckartige Vorwärts-
bewegung, das wiederholte Überkreuzen und Ent-
kreuzen ihrer Extremitäten, als hinge das Gelingen
oder Fehlschlagen meiner Erforschung der geistigen
Kellergewölbe ausschließlich vom Überleben dieser
Ameise ab; als müsse, falls sie ihren Verletzungen erliegen sollte, dieses Buch hier enden.

Die Ameise lebt. Sie fliegt sogar wieder. Die ge-
flügelte Ameise fliegt nur, solange sie noch nicht
entjungfert ist. Sobald die Fortpflanzung eingeleitet
ist, fallen ihr die Flügel ab und sie wird eine Ameise
wie alle anderen. Indem ich alle meine Überzeu-
gungskünste aufbringe, gelingt es mir, die Natur
dazu zu bringen, dieses Privileg auch auf andere
Tierarten auszudehnen und jedes menschliche
Weibchen mit einem riesigen Paar Flügel auszustat-
ten. Ich fliege los.

In ein paar tausend Meter Höhe fliege ich einmal
um den Globus herum. Ich kann sehr gut den mit
langem dunklen Haar bedeckten Nordpol erkennen,
und den mit blondem Flaum bewachsenen Südpol.
Der Äquator ist durch zwei absolut identische rosa
Trichter gekennzeichnet, deren Form und Farbe, zumindest aus dieser Entfernung, an ein überzuckertes,
nicht ganz durchgebackenes orientalisches Gebäck
erinnern. Ich fliege immer höher und merke, daß die
Erde sich um sich selbst dreht, und diese langsame,
stetige und unbeirrbare Rotation scheint nicht erst

gestern begonnen zu haben. Meine Entfernung ist nun so groß, daß ich andere Flugobjekte erkenne, die sich ihrerseits um die eigene Achse drehen, die einen bar jeder Vegetation, die anderen schneebedeckt an den Polen, und das Weltall durchkreisen, angetrieben von einer Energie, deren Ursprung sie nicht kennen. Diese Objekte unterscheiden sich zwar in gewissen Details, ähneln sich aber im Ganzen wie Zwillinge: sie sind rund, mit zwei symmetrisch angeordneten Trichtern versehen; ihre Oberfläche ist unregelmäßig. All diese Planeten drehen sich offensichtlich seit Urzeiten im Leerlauf, und das in doppeltem Sinne: erstens dreht sich jeder mit größter Hartnäckigkeit und voller Narzißmus um sich selbst, ohne Rücksicht auf die anderen Kreisel. Zweitens dreht sich jeder um einen Mächtigeren, als er es ist, um einen Meister, der oft abstrakter Natur ist. Die Flugobjekte glauben diese beiden parallelen Drehbewegungen aus eigenem Willen zu vollziehen, dabei sind diese nichts anderes als die schwache Fortsetzung, das ferne Echo eines allen gemeinsamen Impulses. Sie fliegen nirgendwo hin. Bis ans Ende ihrer Existenz drehen sie sich im Kreis, ohne die geringste Hoffnung, von ihrer Bahn sei es nur um eine halbe Handbreite abweichen und sich der traurigen Vorbestimmung entziehen zu können, die sie in ihren eintönigen Kreis zwingt.

Ich kehre zur Erde zurück in der Absicht, sie näher

zu untersuchen. Ein letztes Mal umkreise ich sie, dann entschließe ich mich, in einen der zwei weit geöffneten Trichter einzudringen, um mir den Planeten einmal von innen anzusehen. Zwei Sekunden später befinde ich mich im Herzen eines Gestirns, das leise vor sich hin brodelt, wie alle Gestirne, aber nichts destoweniger laut und deutlich auf seiner Einzigartigkeit besteht. Ich bin also im Innern eines *Individuums*, eines nicht teilbaren Wesens – meiner selbst. Wenn man mich in zwei Teile schneidet, kann nicht jede Hälfte ihre eigenen Wege gehen, anders als beim Wurm, der folglich kein Individuum, sondern ein Dividuum ist. Wenn man mich entzweischneidet, sterbe ich, vorausgesetzt, daß man mich an der richtigen Stelle durchtrennt (an einer beliebigen Stelle des Rumpfes, Halses oder Kopfes), anderenfalls bin ich, zäh, wie ich bin, imstande, zu überleben. Organisch gesehen bin ich also tatsächlich so gut wie unteilbar, wenn man mich als Ganzes betrachtet. Wenn man in mir hingegen eine Summe von Einzelteilen sieht, so stellt man fest, daß sich in mir auch noch die kleinste Zelle ständig teilt und daß ich es sogar dieser frenetischen Selbstzerkleinerung verdanke, wenn ich noch einige Zeit am Leben bleibe. Jede Sekunde spalten sich also Milliarden von Zellen in meinem Körper, bis zu dem Tage, wo sie des Spaltens müde sein werden, dann wird eine neue Zeit, eine andere Art der Zersetzung hereinbrechen, die ebenfalls auf chemischen Prozessen beruhen wird. Zunächst aber vermehren und erneuern sich meine Zellen noch, indem sie den Gürtel enger schnallen, innerhalb kürzester Zeit können sie es, was die Wespentaille angeht, mit Betty Boop aufnehmen, aber das genügt ihnen noch nicht, sie schnüren sich weiter die Leibesmitte zu, ziehen den Bauch ein – und schon sind zwei von ihnen da. Tag für Tag schneiden sie sich mitten durch, um mich am Leben zu erhalten.

Geistig ähnele ich noch am ehesten einem Individuum, wenn auch mein Kopf oft in tausend Stücke zerspringt. Jede Momentaufnahme des Geistes bestünde aus einer Anhäufung von Wahrnehmungen, Empfindungen und Gedanken, einer psychischen Wirrnis, deren einzelne Bestandteile ich auch bei äußerster Anstrengung und Konzentration nicht auseinander halten könnte. Zum Beispiel kann ich noch so eine schlimme Nachricht bekommen oder noch so sehr in mein Buch vertieft sein, ich bleibe mir doch ständig der Lage meines Körpers im Raum bewußt, meine Augen sehen, auch wenn ich nichts zu sehen meine. Ich kann diesem Bewußtsein meines physischen Daseins nur im Schlaf oder im Tod entrinnen. Ebensowenig kann ich in einem Gespräch über die aktuelle Regierungspolitik oder die Klimaerwärmung von den Gefühlen absehen, die mir mein Gegenüber einflößt.

Das Magma meiner Hirnaktivitäten läßt sich von mir nicht in seine Bestandteile auflösen, ebensowenig wie der Wurm sich selbst in zwei Hälften schneiden kann. Was natürlich nicht bedeutet, daß dies generell unmöglich ist, und in seinem Fall kann ich mir gut eine Kreatur vorstellen, die ihm diese Arbeit abnehmen könnte. In meinem Falle sehe ich eigentlich nur die Wissenschaft, der aber noch ein gutes Stück Wegs zurückzulegen bleibt, bis sie mich durchschaut und zerlegt hat, und Gott, aber auch ihm bliebe noch ein gutes Stück Wegs zurückzulegen, wenn er umkehren und sich wieder für die Menschheit interessieren wollte. Und doch ist mir, als sei ich nicht etwa eine Art riesiges Elementarteilchen, sondern ein Splitterwesen.

Ich kann Angst empfinden oder frieren, ohne das, sei es im Kopf, zu formulieren, aber ich habe größte Schwierigkeiten, außerhalb der Sprache zu denken. Wer aber einmal gelernt hat, mit Sprache umzugehen, sitzt in der Falle. Gefangen in einem Interpretationssystem, das zudem noch eingeschränkt wird von der klimatischen, politischen und historischen Situation des Landes, in dem er zur Welt kam und seine Kindheit verbrachte, ist er außerstande, einen einzigen originellen Gedanken zu fassen und sich aus der konzeptuellen Zwangsjacke seiner Muttersprache oder auch (falls er sich eine Fremdsprache angeeignet hat) eines weiteren Idioms zu befreien. Natürlich kann er einen altbewährten literarischen Kunstgriff anwenden und ungesehen in eine dritte Person hineinhüpfen und sie dann womöglich Alter Ego nennen – allerdings ist es mit dem »Alter« meistens nicht weit her –, oder er kann umgekehrt seine erste Person ganz ihres Inhalts entleeren und eine beliebige dritte hineinspringen lassen (daher der Ausdruck »gehüpft wie gesprungen«). Im Innern des Kerkers vertreiben sich die Gefangenen die Zeit mit Rollenspielen, aber es gibt nur drei Rollen, und die verändern sich nicht.

Die Sprache schneidet die Welt in tausend Schnipsel, die sich zu einem Wortschatz anhäufen, aber wer die Schnipsel wieder zusammensetzte, hielte nur ein äußerst unvollständiges Abbild der Welt in den Händen. Neologismen sind keine dem Meer abgerungenen Polder, sondern nur neue Weltsplitter, die zu der Illusion beitragen, daß nur existiert, was man benennen kann. Davon abgesehen würde unser Gedächtnis ein differenzierteres Vokabular gar nicht fassen können; es hat ja schon Mühe, die paar in ihm schlafenden Worte zur rechten Zeit zu wecken.

Der Gedanke packt die Worte und zieht sie aus dem Halbdunkel, in dem sie gewöhnlich hausen, ans Licht, er durchwühlt das Chaos auf der Suche nach etwas Unbestimmtem, er stellt sich an eine vielbefahrene Straße und sieht das kleine Volk der Buchstaben und die winzigen Klüngel der Silben an sich vorüberziehen, wie man in Flughäfen den Blick auf das bewegliche Hufeisen richtet, auf dem die Koffer vorübergleiten, er zieht magnetisch an sich, was er brauchen kann für seine Baustelle, und während er noch an dem Gerüst baut, klettert er schon darauf herum, wobei er die ganze Zeit so tut, als entstünde das Gebäude von selbst und benötige keinen Gerüstbauer. Schaut euch sein Treiben an! Seht, wie geschickt er ist in der Kunst der Verstellung, wie er in der Menge zu verschwinden und sich so zu geben weiß, als käme er nirgendwo her und ginge nirgendwo hin! Und in der Tat, wo soll er hingehen? So weit er auch vorwärts drängt, er stößt doch immer an die Schädeldecke und bleibt für immer in seiner Knochengruft eingesperrt, in den Körper verbannt, über den er zu herrschen meint. Geschaukelt von den Wellen der Gehirnflüssigkeit, läßt er sich treiben und schnappt zuweilen nach den Goldfischen der Erinnerung, den Krabben und Quallen der Wahrnehmung und den kitschigen Seerosen der Gefühle. Aus ihnen macht er unvollendete Gemälde, ihm allein sichtbare Skizzen und Sätze, die sich zu den ausgesprochenen Sätzen verhalten wie eine unerfüllte, heimliche Liebe zur Ehe.

Ich bin einem meiner Gedanken — weder dem schlechtesten noch dem dümmsten, sondern gewissermaßen einem Durchschnittsgedanken — in die Windungen gefolgt, in die ihn die extreme Verdichtung der Nervenbahnen zwingt, ich bin neben ihm in die geistige Riesenachterbahn gestiegen, die uns, nachdem sie uns ordentlich durchgeschüttelt und Eindruck gemacht hatte, zu unserem Ausgangspunkt zurückbrachte, wo wir taumelnd ausstiegen und sogleich in die nächste Achterbahn fielen. Nach ein paar dieser Runden haben wir angefangen, uns intelligent zu finden. Allmählich habe ich vergessen, warum ich eigentlich hier war, und beim nächsten Halt bin ich aus Versehen in einen anderen Wagen gestiegen und habe meinen kleinen Durchschnittsgedanken sitzen gelassen, von nun an mußte er alleine weiterfahren, wie Tausende von Gedanken, die unentwegt ohne mein Wissen in meinem Kopf kreisen, hinter meinem Rücken miteinander sympathisieren, sich gegen mich verschwören, oder die im Gegenteil ohne mich verkümmern und vergeblich meine Spur suchen im großen Jahrmarkt meines Geistes.

Nach dem aktuellen Stand der Neurowissenschaften denke ich nicht (also bin ich nicht?). Statt dessen beherberge ich eine Art natürliche Maschine, deren komplexe Funktionsweisen ich mir einverleibt und der ich willkürlich den Namen »Reflexion« gegeben habe. Was ich mal verschämt, mal stolz als die Früchte meines Intellekts betrachte, ist in Wirklichkeit nur das Ergebnis elektrochemischer Prozesse. Die Naturwissenschaftler werfen mir vor, Ursache und Wirkung zu verwechseln. Für sie existiert keine Reflexion, sogar ihre eigenen Forschungen basieren keineswegs auf Reflexion, sondern auf in Milliarden von interneuronalen Verbindungen zerfaserter Materie. Es gibt für sie weder Intellekt, noch Empfindungen, noch Wünsche, noch Ideale, sondern lediglich Signale aussendende Materie. Wenn ich selbstständig eine Entscheidung zu treffen glaube, unterliege ich in Wahrheit einem komplizierten und erbarmungslos physischen Mechanismus. Die Nobelpreisträger haben nichts erfunden, ebensowenig wie die Künstler und Philosophen. Ihr Gehirn hat funktioniert, das ist alles, und sie haben sich damit gerühmt, als hätten sie etwas zu diesem Funktionieren beigetragen. Die Wissenschaft kommt sehr gut ohne unsere Gedanken, Wahrnehmungen und Gefühle aus – Kategorien, die vielleicht, neben anderem Trödel, noch in unseren Köpfen fortleben, aber auf keinen Fall unser Verhalten bestimmen.

Nun befinde ich mich also in der paradoxen Situation, an einem Buch zu schreiben, das nicht von mir geschrieben wird. Ich habe keine andere Wahl, als zu Papier zu bringen, was meine Neuronen mir diktieren. In meinem Kopf lebt ein umsonst arbeitender *ghostwriter*, der an meiner Stelle schreibt und mir großzügigerweise erlaubt, die Urheberschaft des fertigen Buches zu beanspruchen. Aber das Paradox geht noch weiter. Das von mir (bzw. von ihm) geschriebene Buch beschäftigt sich mit meinem Geist, also mit niemand anderem als mit jenem Schreiber- und Denkergespenst, das sein wahrer Autor ist. Dieses Buch ist die Autobiographie eines Unbekannten, dessen unfreiwillige Wirtin ich bin.

Wenn ich mich bewege, wenn ich denke und handle ohne meine Beteiligung, dann stellt sich irgendwann doch die Frage, wozu ich eigentlich gut bin. Die Neurowissenschaften antworten darauf, daß mir ja noch die Exekutivmacht bleibt: ich wackle mit dem Kopf, wenn meine Neuronen es mir befehlen, ich nehme den Bus, bringe mich um oder lerne Japanisch, wenn meine Neuronen sich darauf einigen können, mich dazu zu ermutigen, und ich denke mir ein Omelette-Rezept ohne Eier aus, oder eine Methode, im Vakuum zu gebären, sobald meine Neuronen mir die Illusion geben, ein Erfindertalent zu besitzen. Man kann also nicht sagen, daß ich völlig unnütz bin. Zwar ist der freie Wille, mit dem es ja ohnehin nicht sehr weit her war, nun endgültig abgeschafft. Das Ich schnurrt zu einem kläglichen Bündel zusammen, das außer der Epidermis auch noch einige Kilo Knochen und Gedärme enthält, aber das Herz der Festung, das Gehirn, ist, muß man schon sagen, in Feindeshand, es ist kein Platz für mich in dieser Neuronenburg, auch diese zögernd geschriebenen Zeilen sind nicht von mir, ich weiß nun, daß sie mir von unzähligen

Zellen diktiert werden, und diese unzähligen feindlichen Zellen sind grau.

Auf meiner Reise ins Innere meiner selbst werde ich plötzlich, womöglich gar nicht weit vom Ziel, aus meinem intimsten Territorium verjagt, aus dem einzigen Ort, den ich ganz mein wähnte, der mir Schutz bot und einen scheinbar unendlich weiten Raum. An meiner Stelle hat sich nun ein hundert Milliarden, ja, vielleicht tausend Billiarden starkes Neuronenvolk eingerichtet, dessen größerer Teil immer miteinander im Gespräch und damit beschäftigt ist, nicht überprüfte Informationen weiterzuleiten, ein geschwätziges Volk, eine Plapper- und Signalmühle, ruheloser als jede asiatische Hauptstadt, und diesem verrückt gewordenen Bienennest, diesem brummenden, sich jeder Kontrolle entziehenden Mechanismus bin ich ausgeliefert, ich bin der Überrest von Energieflüssen, die ihrerseits nur eine Antwort sind auf äußere Reize. Die erste Person ist eine Illusion. So lautet der Schiedsspruch der Naturwissenschaftler, und da es schon seit Jahrhunderten ihr Ziel, oder zumindest eine Nebenwirkung ihrer Bemühungen, ist, die Illusionen, die wir mit allen Mitteln aufrechterhalten wollen, systematisch zu untergraben, hat die erste Person nicht viel Zukunft. Nun ist es mit den neurologischen Entdeckungen wie mit der kopernikanischen Revolution: was kümmert uns, daß sich die Sonne nicht um die Erde dreht, wir halten weiterhin die Erde für das Zentrum der Welt, und wenn man uns auch noch so oft wiederholt, daß wir als Personen nicht existieren und keinen Funken freien Willen besitzen, werden wir nichts destoweniger von unserer Wichtigkeit überzeugt bleiben.

Der Geist, heißt es, ist gut organisierte Materie. Eine Materie, die sich selbst organisiert hat und unserer nicht bedarf. Außer ihr gibt es nichts. Weder Liebe noch Freundschaft, noch Enttäuschung – nichts von alldem. Nur Namen, die wir dieser oder jener Hirntätigkeit geben. Für die Wissenschaft ist der Mensch eine Art Spieluhr. Er hört die Musik, ohne die Mechanik zu sehen, die in ihm steckt. Und er glaubt, die Melodie selbst auszusuchen, dabei kennt der Automat nur eine Melodie, und die ist vorprogrammiert. Meine ist traurig, hat aber den Vorzug, wenn man von einem Vorzug sprechen kann, zu mir zu gehören. Die Traurigkeit war schon vor mir da. Tief drinnen in meinem Hirn wartete sie, daß ich größer werde und sie benenne. Einmal getauft, hat sie ihre Herrschaft über ein paar Millionen zusätzliche Neuronen erstreckt, die bis dahin noch schwankten zwischen Melancholie und Fröhlichkeit. Seither ist die Melodie immer weiter angeschwollen, aber manchmal vergesse ich sie noch.

Ich dringe weiter vor. Von meinem jetzigen Standpunkt aus hat mein Geist nichts mehr von einem Zylinder, auch die Tiefe war Illusion. Ich erhasche einen Blick auf verschiedene, weit verstreute Fragmente meines Wesens, die nicht etwa in der Senkrechten zu Hause sind, wie ja auch kein Stern höher am Himmel steht als der andere. Doch sind diese Fragmente bald in großer Entfernung, bald ganz nah, und ich kann sie nicht alle gleichermaßen erreichen, während sie ihrerseits immer Zugriff haben auf mich.

Aus diesem Mangel an Tiefe ergibt sich, daß das Ziel weder am Ende des Weges sein kann noch am Grunde des Brunnens, wie ich es anfangs angenommen hatte. Wo ist es also? Das Ziel ist immer unbekannter, je näher man ihm kommt. In mir sehe ich einsame Welten dahingleiten, deren Schatten auf mein Schädelgewölbe fallen und zerrinnen; die meiner Vorstellung entsprungenen Formen und Farben geben sich in den visuellen Zonen meines Gehirns für Bilder von außen aus; es sind umgekehrte Projektionen. Meine Träume und die Visionen sind lenkbare Ballons, die entweder platzen, kaum daß sie entstanden sind, oder sich in dem inneren Gebäude verlieren.

Es ist null Uhr null. Indem sie mein Gehirn in hauchdünne Scheiben schnitten, dünner als die zarteste Parmaschinkenscheibe, haben die Naturwissenschaftler mehr über mich in Erfahrung gebracht, als ich in meinem ganzen Leben herausfinden konnte. Sie haben diese »Lebensabschnitte« in

Formol gelegt, wo sie nun reichlich desinfiziert schwimmen und aussehen wie ein Fotoalbum, das einem bestimmten Augenblick des Lebens gewidmet ist, einem bestimmten Zustand meiner Person, die ja bis zur letzten Sekunde nichts anderes gekannt hat als ein intensives Kribbeln, eine frenetische, ohne meinen Willen betriebene Nervenaktivität, deren größter Teil dem inneren Monolog gewidmet war. Erstens habe ich mich, wie jedermann, schon immer sehr viel mit mir selbst beschäftigt, habe selten nachgedacht, ohne mich nachdenken zu sehen, habe selten gehandelt, ohne Zeugin meines Handelns zu sein, und selten gelitten, ohne mir beim Leiden zuzuschauen. Noch ohne zu wissen, daß ich mir beim Leiden zuschaute, noch ohne zu wissen, daß ich wusste, daß ich mir beim Leiden zuschaute, und so fort. Zweitens stellen in meinem Hirn die mit der Weitergabe äußerer Reize beschäftigten Synapsen eine kleine Minderheit dar inmitten der unendlich vielen nervlichen Verbindungen, deren einzige Funktion es ist, Elemente miteinander zu verbinden, die keinerlei Beziehung zur Außenwelt haben. Bevor mein Gehirn der Wissenschaft überantwortet wurde und die Forschung vorantrieb, sprach es mit sich selbst. Sogar wenn ich in den tiefsten Schlaf gesunken war, fuhren meine Neuronen fort, munter miteinander zu plaudern. Meine Hirnaktivität, wie die aller menschlichen Hirne, war nur in geringem Maße nach außen gerichtet.

Ich bin tot. Die Zeit fehlte mir, darum habe ich sie verschleudert. Das Leben rauschte in meinen Adern, daß mir der Kopf brummte davon. Alle drei Sekunden verwandelte sich die Gegenwart in Vergangenheit und die Zukunft in Gegenwart. In dieser Reise nach Jerusalem bin ich am Ende alleine stehen geblieben. Tack-tack-tack, tack-tack-tack, in diesem lustigen Walzerrhythmus drehte sich die Zeit an mir vorbei, mein Ohr klebte am Metronom, dann wurde der Rhythmus schneller, die drei Viertel des Walzers flossen bald ineinander, der Zeiger hatte es eilig, zu einem Ende zu kommen, und er kam auch bald zu einem Ende. Mein Leben sah mich an sich vorüberziehen wie in einem Film, doch von meiner langen Silhouette sah es nur einen Strich, die Andeutung eines Charakter- oder Luftzuges vielleicht, aber dann war es auch schon zu spät, ich war aus dieser Welt geschieden, und mein Leben stand im Dunkeln und beweinte mich. Es war zu Ende.

Was bedeutet das: zu Ende? Es bedeutet, daß ein Kosmos untergegangen ist und den Schädel, der ihn umgab, mit sich auf den Grund gezogen hat, dorthin, wo die Sonnenstrahlen nur noch vergessene Liebkosungen sind.

Als ich noch lebte, öffnete ich weit Augen und Ohren und ließ Parzellen des Universums in mich eindringen, visuelle und akustische Territorien, deren Grenzen mit denen meiner Wahrnehmungsorgane zusammenfielen. Von meinen Augen geschluckt, war die Welt ein Film, dessen Szenen ich blinzelnd aneinandermontierte. Bis zum letzten Moment nahm das Tonband das Knarren meines Stuhles auf, das ferne Stottern eines Hubschraubers, das Geplätscher der Stimmen unten im Hof. Meine Augen haben unzählige Bauten, Körper und Gesichter aufgesogen; müheloser als alle amerikanischen Milliardäre haben sie die Brücken und Schlösser der Alten Welt abgebaut, um sie woanders wieder aufzubauen, und dieses Woanders war in mir, jedes Ding und jeder Mensch in meiner Umgebung hatte in mir seine ungetreue Kopie, die sicht- und hörbare Welt sikkerte leise und stetig in mich ein, ohne daß ich es merkte, mein Kopf errichtete ganze Städte, schuf Formen und Farben, ohne daß ich darauf acht gab. Bald brach ich unter dem Gewicht meines Gehirns zusammen, so ungeheuer disproportioniert war es geworden im Vergleich zu den Dimensionen des Körpers, der es stützen sollte. Wie Atlas, aber ohne dessen athletische Konstitution zu besitzen, trug ich die Welt auf meinen Schultern.

Nun, da dieses schreckliche Gewicht von mir genommen ist, werde ich wieder laufen, tanzen, springen können, doch fehlt mir der rechte Schwung, etwas, wenn ich nur wüßte was, hält mich zurück, jetzt weiß ich, es ist dieser tiefe Himmel, dieser schwarze feuchte Erdhimmel, der mich daran hindert, mich emporzuschwingen, ein vogelloser, dichter, undurchdringlicher Himmel, an dem ich mir den Kopf stoßen würde, wenn ich mich bewegen könnte, aber ich kann nicht, dabei verspüre ich ein unbändiges Bedürfnis, meine Muskeln anzuspannen und aufzuspringen, aber etwas hält mich zurück, wenn ich nur wüßte was, jetzt weiß ich, ich bin nicht mehr ich, bin nicht mehr, bin nicht. Erste Person, letztes Stadium.

Ich tauche langsam aus der Vollnarkose auf und merke, daß die Zeit stehen geblieben ist: es ist null Uhr null, die Stunde, zu der dieses Buch begonnen wurde und zu der es enden wird, die Stunde des Unfriedens in den Hütten und in den Herzen, dieselbe Stunde, auf die Sekunde genau, wie seit Tausenden von Jahren.

Daß ich Angst habe, daß meine Nerven schwach sind, daß ich mich einsam und verletzlich und von Milliarden Gleichartiger erdrückt fühle, wäre zu wenig gesagt. Jedesmal, wenn ich in ein menschliches Gesicht blicke, jedesmal, wenn ich in das Gesicht eines höheren Säugetieres blicke, sehe ich mein kaum verzerrtes Spiegelbild, in jedem Pferd oder Tapir sehe ich eine Karikatur – oder ein idealisiertes Abbild? – meiner selbst. Die gewöhnlichste Stubenfliege hält mir einen Spiegel hin. Sie wird geboren und sie stirbt, sie ernährt sich und scheidet die Nahrung wieder aus, ihr genetischer Code ist mit meinem fast identisch, sie hat Augen, mit deren Hilfe sie sich in der Welt zurechtfindet, und Beine, mit denen sie sich in ihr bewegt, und wenn sie zusätzlich noch ein Paar Flügel hat, so ist das wohl dem Zufall zuzuschreiben. Von welchem Modell sind wir bloß die schlechte Kopie? Ohne Unterlaß dreht sich die Nacht um die Erde, und regelmäßig, ohne Absicht, stehe ich auf ihrem Weg. Daß mir kalt ist, wäre zu wenig gesagt.

Die Spinne an der Wand, nah an der Decke, hat sich seit Stunden nicht mehr bewegt. Stumm, wie festgefroren, sitzt sie im dunklen Zimmer und hypnotisiert mich. Wir sitzen uns gegenüber wie Feindinnen, die wir aber nicht sind, die Zeit vergeht, zumindest sagt man das wohl in solchen Fällen, doch es ist ebenso gut möglich, daß sie nicht vergeht, denn wir sind völlig bewegungslos und tun nichts anderes, als auf unseren Tod zu warten, die Spinne und ich. Die Spinne gibt vor, bereits tot zu sein, und ich bemühe mich, sie nachzuahmen, aber ich kann meine Brust nicht daran hindern, sich zu heben und zu senken, zwar weiß ich, daß manche Filmschauspieler die Kunst des reglosen Atmens beherrschen, aber ich habe nicht ihr Training genossen und atme folglich, so gut ich kann, und wenn dieser Scheintod auch keinen Fernseh- oder Filmzuschauer hinters Licht führen kann, so hat er doch seinen Zweck erreicht: ich spüre, wie die Zeit sich nach und nach in nichts auflöst. Wenn ich einfach so sitzen bleiben könnte, ohne zu handeln und zu denken, in einem von der Außenwelt abgeschlossenen Raum, dann würde die Zeit vielleicht für andere weiterexistieren, nur für mich hätte sie keinerlei Bedeutung mehr. Ohne den kleinsten geistigen oder körperlichen Vorfall, der zu dem Gefühl eines »vorher« und »nachher« Anlaß gäbe, würde die Zeit verkümmern. Es wäre endgültig null Uhr null, ich würde nichts erwarten, mich an nichts erinnern; allerdings müßte ich die Augen schließen und mir die Ohren zuhalten, um alle Reize auszusperren und meiner inneren Uhr keine Anhaltspunkte zu geben. Wenn die Zeit durch Bewegung entsteht, so sind die Spinne und ich auf dem besten Weg, unsterblich zu werden – würden unsere Körperzellen durch ihr unkontrolliertes Vermehren und Sterben und Zappeln uns nicht wieder der Zeit ausliefern.

Die Zeit ist das Ergebnis einer gemeinschaftlichen Abmachung. Wenn ich beschließe, aus der Gemeinschaft auszutreten und mich nicht mehr an die Abmachung zu halten, indem ich mich umbringe, zum Beispiel, schaffe ich damit noch nicht die Zeit ab. Ich entziehe mich ihr einfach. Die Zeit lebt weiter im Bewußtsein der anderen, umgrenzt ihr Leben und liefert ihm einen Rahmen, ein Maß, einen Anfang und ein Ende. Natürlich wird auch meine verfaulende Leiche noch der Zeit ausgeliefert sein; ein eventueller Beobachter könnte das Voranschreiten der Zersetzung feststellen und das »Werk« der Zeit an mir bewundern. Auch in meiner Abwesenheit, auch in meinem Grab wird sie nicht müde werden, mich zu kitzeln und mit meinen Gebeinen zu spielen, statt sie in Frieden ruhen zu lassen, wie es ihr der Anstand eigentlich vorschreiben müßte.

Das Leben geht weiter; andere Lebensformen springen ein. Kaum verschieden, werde ich schon im Sturm von Mikrobenhorden eingenommen, die sich um meine Leber, meine Lunge, meine Ohren und sogar um die unattraktivsten Teile meiner Person streiten. Man könnte glauben, man sei beim Sommerschlußverkauf. Diesem wuseligen Volk ist es zu verdanken, daß die Zeit noch nicht jedes Interesse an mir verloren hat. Sie läßt mich nicht los, bis sie nicht alle meine Knochen abgenagt hat. Als sie von meinem Organismus Besitz ergriffen, wussten die bakteriellen Fermente genau, daß die Stunde der Zeit geschlagen hat, aber sie spendieren ihr noch eine Extrarunde.

Die Zeit ist ein seelischer Schmerz. Wenn ich ihr viel Aufmerksamkeit zukommen lasse, lebt sie auf. Wenn ich sie ignoriere, verkümmert sie. Wie alles andere würde auch sie sich in Luft auflösen, wenn ich nicht an sie glaubte (man kann ja nie mißtrauisch genug sein). Leider bin ich gestraft mit einer ererbten und unheilbaren Gutgläubigkeit.

Die Zeit ist das ungewisse und unsichtbare Medium, das mich auf der einen Seite vom Tod, auf der anderen Seite von der Geburt trennt, sie ist ein See, den ich durchschwimme, und jeder Stoß, der mich vom einen Ufer wegträgt, bringt mich dem anderen näher – natürlich stimmt das Bild nicht, schon deshalb, weil darin das Ertrinken nicht vorgesehen ist, ebensowenig wie das kleine Segelboot, aus dem man mir einen Rettungsring zuwirft, aber wen kümmert schon, ob ein Bild stimmt oder nicht, wirft man etwa den von der Wirklichkeit auf unsere Netzhäute projizierten Bildern vor, nicht zu stimmen? Wirft man ihnen vielleicht vor, ihren wahren Sinn sorgfältig vor uns zu verbergen? Manchmal – wenn ich Zeit habe – verlasse ich die Welt der konkreten Dinge und reise in das symbolische Land, wo die Farben einen rein seelischen Glanz haben und die Temperaturen nichts als Stimmungsschwankungen bedeuten. In diesem auf keiner Karte verzeichneten Land sind Berge Hindernisse und Seen Geheimnisse, das Licht ist geistig und der Schlag trifft einen ohne tödliche Folgen. Im Land der Metaphern ist die Zeit jenes unter den Brücken vorüberfließende Wasser, das den Durst nicht löscht. Die Welt liest sich dort in Spiegelschrift: jede sinnliche Erscheinung verwandelt sich in ein Abstraktum und umgekehrt. Manchmal wohne ich in beiden Ländern zugleich: in dem einen schlage ich die Zeit tot, in dem anderen schlägt sie mich tot.

Der Hauch des Geistes kommt von weit her. Wenn man der Naturwissenschaft Glauben schenkt, ist die alte Unterscheidung zwischen Geist und Materie schon lange überholt. Aus dem Kampf zwischen den beiden Mächten ist die Materie siegreich hervorgegangen und hat alle geistigen Kontinente kolonisiert. Der Geist jedoch ignoriert die Bedeutung dieses Konflikts für die Menschheit, lebt sorglos sein metaphorisches Leben weiter und dringt als Hauch in eben jene Materie ein, die eben noch triumphierte. Auch diese kleine Revanche ist aber leider illusorisch, denn die Materie hat sich auch der Symbole bemächtigt. Auch die leichtesten und luftigsten unter ihnen haben heute keine Autonomie mehr, jeder skrupellose Neurobiologe kann ein Symbol bis zu seiner biochemischen Entstehung im Enzephalon zurückverfolgen.

Wenn die Naturwissenschaft weiter mit Siebenmeilenstiefeln voraneilt, wird sie uns bald den unwiderlegbaren Beweis liefern, daß Gott, ihren bisherigen Behauptungen zum Trotz, eben doch existiert, und sie wird uns sogar sagen können, aus welchen Molekülen er genau besteht. Alles, was wir immer für unstofflich hielten (Geist, Denken, Einbildung, Gefühle, Bewußtsein) hat sich letzten

Endes als rein physisch erwiesen; es gibt keinen Grund, warum Gott sich, wenn man ihn einmal genauer und mit den neuesten wissenschaftlichen Methoden untersucht, entziehen sollte. Dann ist es nur noch ein Schritt, bis wir ihn genmanipuliert oder geklont haben. Der materielle Ursprung des Glaubens, den immerhin mehrere Milliarden von Menschen besitzen, seine reine Stofflichkeit im menschlichen Gehirn, ist bereits gesichert. Und wenn der Glaube unserem Gott wäre, was der Gedanke dem Geist ist? Wie dem auch immer sei, ich bin mir sicher, daß auch dieses Geheimnis bald gelüftet werden wird.

Aufrecht in mir selbst stehend, reise ich nun schon seit Jahr und Tag. Jedes Wort, das ich schreibe, ist ein Schritt ins Grab, jeder Atemzug bringt mich dem Tod näher. Mein Herz und meine Lunge sind Uhren; sie zählen die Zeit, die mir zu leben bleibt, gliedern die unsichtbare Zeitmasse in kleine, wahrnehmbare Einheiten und sorgen auf diese Weise dafür, daß ich nicht vergesse, wohin ich unterwegs bin und in welchem Rhythmus ich gehe.

Ich gehe. Und im Gehen denke ich: wie merkwürdig, daß das Gewöhnlichste und Banalste auf der Welt – der Tod – zugleich auch das Schrecklichste ist. Der Zeiger dreht sich schnell, immer schneller, sagen die Alten, die aus Erfahrung sprechen, wie ein Karussell, das immer schneller wird, zunächst unmerklich, dann immer offensichtlicher, bis es die Kinder von ihren Sitzen schleudert, nur sind es keine Kinder mehr, die da ins Nichts katapultiert werden, vor lauter Kreisen sind sie zu Greisen geworden.

Ich werfe einen letzten Blick um mich und erinnere mich, daß gewisse hohle und auf Räder montierte Metallgebilde Auto genannt wurden, daß man Haus sagte zu den großen Schachteln, in denen Menschen wohnen, ich erinnere mich, daß man Regen sagte zu den Tropfen, die vom Himmel, und Tränen, zu denen, die aus den Augen fallen, ich erinnere mich, daß jeder töten konnte, und daß der Tod eines Tages das Herz verließ, um sich im Hirn niederzulassen, ich erinnere mich an die Farben und daran, daß es sie nicht gab, ich erinnere mich, daß man mit Papierfetzen spielte, denen man willkürlich einen bestimmten Wert verlieh, es gab Arme und Reiche, und das hatte mit der Anzahl der Papierfetzen zu tun, die einer in diesem Gesellschaftsspiel zusammengerafft hatte, die Leute lebten mit Hunden zusammen, weigerten sich aber, ihre Toiletten mit ihnen zu teilen, so daß die Hunde keine andere Wahl hatten, als, wie plumpe Marionetten am menschlichen Handgelenk hängend, auf der Straße ihre Notdurft zu verrichten, ich erinnere mich, daß der Krieg jeden Tag im Fernsehen stattfand und daß seine Opfer die Ankunft des Kameramanns abwarteten, um *live* zu sterben, ich erinnere mich, daß ich mich an nichts erinnern konnte, ich erinnere mich an Georges Pérec, und daß es von ihm hieß, er sei ein großer Schriftsteller, ich erinnere mich, daß ich einen Moment lang in dieser Welt existiert habe, ich erinnere mich, daß ich es nicht glauben wollte und es doch glaubte, ich erinnere mich, daß jedes Ding seinen Namen hatte und daß alle darüber Bescheid zu wissen schienen, es gab ein Wetter, und das war oft grau, und manchmal war die Sonne die Sonne und mitten am Himmel, das Licht verschwand am Abend, und wenn es wiederkam, brachte es einen neuen Tag mit und niemand wunderte sich darüber, ich erinnere mich an die Sterne, von denen es hieß, sie seien weit weg, ich legte den Kopf in den Nacken und weinte, aber ich weiß nicht mehr warum, der Himmel war voller einsamer Lichter, ich erinnere mich, daß es niemanden gab, der die Welt mit meinen Augen gesehen hätte.

Ich erinnere mich, daß ich schrieb. Die Worte brachen zusammen unter der Last der Bedeutungen, und manchmal verweigerten sie den Dienst. Ich hatte beschlossen, meinen Kopf zu leeren, reinen Kopf zu machen, in der Hoffnung, den Kopfinhalt auf diese Weise endgültig loszuwerden, bei Nacht und Nebel die Hirnwohnung zu räumen. Bei Nacht sind alle Materien grau. Bald gab es weder innen noch außen mehr. Alles, was in meinem Blickfeld lag, alles, was meine Gedanken erreichen konnten, lebte ebenso, wenn nicht noch stärker, in mir wie in der Welt. Drinnen und draußen verschwammen ineinander, die gewohnten Einfriedungen fielen lautlos in sich zusammen, die Wirklichkeit hatte keinen festen Boden mehr unter den Füßen. Auch die Träume und Illusionen waren stofflich geworden, es gab also keinen Grund mehr, sie zu diskriminieren. Die Gedanken griffen ihr eigenes Fundament an und brachten eine nach der anderen die Säulen der Vernunft zu Fall.

Am Ende blieb das Unsagbare zu sagen, was niemand je gesagt hat noch sagen wird, ein Satz, der mir manchmal mit vielfacher Lichtgeschwindigkeit durch den Kopf fuhr und den ich selbstverständlich nicht erfasste.